WISHBOOKS MODERN FANTASY STORY

세상S 장편소설

뜨겁게 던져라

뜨겁게 던져라 8

세상S 장편소설

초판 1쇄 찍은 날 | 2018년 6월 22일
초판 1쇄 펴낸 날 | 2018년 6월 29일

지은이 | 세상S
펴낸이 | 예경원

기획 | 위시북스
편집책임 | 이규재
편집 | 이즈플러스

펴낸곳 | 예원북스
등록번호 | 제396-2012-000132호
등록일자 | 2012. 7. 25
KFN | 제1-277호

주소 | 경기도 고양시 일산동구 호수로 646-24 위너스21 II 빌딩 206A호 (우)10401
전화 | 031-819-9431 팩스 | 031-817-9432
E-mail | yewonbooks@naver.com

ⓒ세상S, 2017

ISBN 979-11-6098-989-2 04810
      979-11-6098-591-7 (set)

WISHBOOKS MODERN FANTASY STORY
세상S 장편소설

뜨겁게 던져라

⑧

- 퍼펙트게임 -

CONTENTS

38장
승부사 I

1

초구, 2구에 이어 3구째도 커브가 날아오자 월 마이스는 욕지거리가 절로 튀어나왔다.

하지만 투 스트라이크 상황에서 그가 할 수 있는 일은 많지 않았다.

"크아아아!"

월 마이스는 거의 몸을 날리다시피 바깥쪽으로 흐르는 커브를 커트해 냈다.

조금만 대응이 늦었더라도 헛스윙이 될 뻔한 공이었지만 다행히도 방망이 끝에 공이 걸려주었다.

덕분에 볼카운트는 여전히 투 스트라이크 노 볼이 유지되었다.

그러나 윌 마이스는 3구째 커브를 걷어내는 과정에서 타격 밸런스가 흐트러지고 말았다.

비스트 포지는 그것을 놓치지 않았다.

"무리해서 건드려 준다면야 나야 고맙지."

비스트 포지가 씩 웃었다. 그러고는 곧바로 미트를 들어 올렸다.

"자, 그럼 이제 끝내자."

특별히 사인을 낼 필요가 없었다.

이 순간 어떤 공을 던져야 할지 강동원이 가장 잘 알고 있을 것이라고 여겼다.

강동원도 비스트 포지의 미트를 보자 곧바로 고개를 끄덕였다.

"좋아요, 포지."

길게 숨을 고르며 강동원이 글러브 안에서 포심 패스트볼 그립을 말아 쥐었다. 그리고 두 눈을 비스트 포지의 미트에 고정시켰다.

여차하면 큰 걸 얻어맞을 수 있는 코스였다.

어지간한 투수가 아니고서야 감히 흉내조차 낼 수 없는 공이었다.

하지만 강동원은 흔들리지 않았다. 투구판을 단단히 밟은 뒤 하늘 높이 왼 다리를 차올렸다. 그리고 있는 힘껏 공을 내 던졌다.

후앗!

강동원의 손끝을 빠져나간 공이 거의 일직선으로 날아 갔다.

'빠른 공!'

순간 윌 마이스의 눈이 번쩍 뜨였다.

포심 패스트볼.

그것도 한복판.

이 공을 놓치는 건 자존심이 허락하지 않았다.

하지만 윌 마이스가 미처 반응하기도 전에 홈 플레이트를 가로지른 공은 비스트 포지의 미트 속에 빠르게 꽂혀 들어 갔다.

퍼엉!

묵직한 포구 소리가 요란스럽게 울려 퍼졌다.

"스트라이크 아웃!"

구심이 기다렸다는 듯이 오른팔을 휘둘렀다.

그 순간 관중석이 난리가 났다.

"와아아아아—!"

"100mile! 봤어? 100mile이라고!"

"강! 이 자시이이익!"

"사랑한다! 강!"

자이언츠 선수들도 반쯤 넋이 나간 얼굴로 전광판을 바라봤다.

100mile/h이라는 구속보다 그런 공을 한복판에, 그것도 상대 팀 4번 타자를 상대로 던졌다는 게 경이롭게만 느껴졌다.

반면 브루스 보체 감독과 론 워스트 벤치 코치, 데이브 라이트 투수 코치는 그저 흐뭇하게 웃을 뿐이었다.

"크하하, 역시 미래의 자이언츠 스타가 될 녀석이야."

브루스 보체 감독이 한껏 입가를 들어 올렸다. 그러자 론 워스트 코치가 거들었다.

"이미 스타죠. 보세요, 다들 강을 연호하고 있어요."

"하하. 자네도 신이 난 거 같은데?"

"솔직히 감독님이 강에게 푹 빠져 있는 게 이해가 가지 않았었는데…… 저도 모르게 팬이 되어버렸나 봅니다. 정말 강은 관중들을 흥분시키는 기술을 타고 난 것 같습니다."

"저는 이때쯤 해서 강이 한 건 올릴 줄 알았습니다."

데이브 라이트 투수 코치도 말을 거들었다. 강동원이 신인이라는 이유로 과도한 칭찬을 자제해 왔지만 적어도 오늘만큼은 그럴 필요가 없을 것 같았다.

그사이 강동원은 여유롭게 마운드를 내려가 로진백을 툭 툭 두드렸다.

그리고 손에 묻은 로진 가루를 길게 불어냈다. 그리고 다음 타자를 상대하기 위해 마운드에 올랐다.

─강, 윌 마이스를 삼진으로 돌려세우며 4타자 연속 탈삼진 기록을 이어갑니다.

─오늘따라 강의 컨디션이 무척이나 좋아 보이는데요.

─아직도 전광판에는 100mile이라는 숫자가 사라지지 않고 있습니다.

─비스트 포지의 사인이 있었겠지만 4번 타자인 윌 마이스를 상대로 한복판 포심 패스트볼은 너무나도 대담했습니다.

─솔직히 3구째 커브가 아니었다면 공은 비스트 포지의 미트 속이 아니라 하늘 높이 솟아올라 담장 밖으로 사라져 버렸을지 모르죠.

─확실히 3구 연속 커브 승부가 주효했습니다.

─윌 마이스의 영혼을 커브에 묶어 놓고 100mile의 포심 패스트볼을 내던졌으니 이보다 더 잔인한 삼진은 없을 것 같습니다.

─이제 5번 타자 라이언 심플의 타석인데요.

─라이언 심플, 닥터 강의 연속 타자 탈삼진 행진을 멈춰

세울 수 있을지 지켜보겠습니다.

　중계진의 호들갑 속에 대기타석에 있던 5번 타자 라이언 심플이 천천히 타석에 들어섰다.

　그러면서 조금 전에 윌 마이스와 나누었던 대화를 떠올렸다.

　"헤이, 윌!"

　"뭐야? 할 말 있어?"

　"대체 다들 왜 그래? 도대체 공이 어떻기에 다들 삼진당하고 들어오는 거야?"

　"젠장, 그걸 왜 나한테 물어보는 거야?"

　"그러지 말고 말해달라고. 나까지 삼진을 먹게 생겼어."

　"빌어먹을! 그런 건 네가 직접 겪어봐! 어쨌든…… 저 녀석, 지난 경기 때와는 공의 위력이 확실히 달라."

　"다르다고? 구속이 좀 빨라진 건 맞는 거 같은데 그 정도야?"

　"그렇다니까!"

　"네가…… 봐준 것은 아니고?"

　라이언 심플은 윌 마이스가 강동원을 우습게 알다가 당한 것인지도 모른다고 여겼다.

　하지만 윌 마이스는 그런 라이언 심플의 말이 오히려 더

모욕적으로 느껴졌다.

"무슨 의도로 지껄이는 거야?"

"무슨 의도라니? 난 그저……."

"하아……. 지금 내가 저 녀석을 봐줄 때야?"

윌 마이스가 라이언 심플을 향해 눈을 부라렸다. 그제야 라이언 심플이 양손을 들었다.

"워워, 알았어. 알았으니까 그만하자고. 왜 나한테 화풀이를 하는 건데?"

"쳇!"

윌 마이스가 콧방귀를 끼고는 더그아웃으로 들어갔다.

라이언 심플이 더그아웃으로 향하는 윌 마이스를 바라보며 코웃음을 쳤다.

"흥, 꼴에 자존심은. 어쨌든 난 절대 삼진당하지 않아."

라이언 심플은 마음을 단단히 먹었다.

죽을 때 죽더라도 강동원의 5타자 연속 탈삼진 기록의 희생양이 되고 싶은 마음은 추호도 없었다.

"자, 애송이. 뭐가 어떻게 된 일인지는 모르겠지만, 뭐든 던져 보라고."

라이언 심플이 방망이를 단단히 들어 올렸다. 그러자 비스트 포지가 라이언 심플을 힐끔 쳐다보았다.

방망이를 움켜쥔 라이언 심플의 두 손에는 잔뜩 힘이 들어가 있었다.

스탠스는 넓지 않았지만 뭔가 노림수가 확실한 듯 눈매가 매섭게 느껴졌다.

'기합이 단단히 들어간 모양인데. 그렇다고 강의 공을 때려내는 게 쉬울까?'

비스트 포지기 씩 웃으며 초구 사인을 냈다.

구종은 포심 패스트볼.

코스는 몸 쪽.

강동원은 그 사인을 확인하고 고개를 끄덕였다.

"오늘은 리드가 상당히 공격적인데?"

경기 초반이긴 하지만 오늘따라 몸 쪽 사인이 많았다. 그만큼 강동원의 포심 패스트볼이 좋기 때문이지만 아직까지도 강동원은 그 사실을 제대로 인지하지 못하고 있었다.

"후우……."

길게 숨을 내쉰 뒤 강동원이 천천히 왼 다리를 들어 올렸다. 그러고는 길게 다리를 뻗으며 힘차게 앞으로 내 찼다.

후앗!

강동원의 손끝에서 빠져나간 공이 곧장 라이언 심플의 몸 쪽을 파고들었다. 그리고 잠시 후.

퍼엉!

"스트라이크!"

묵직한 포구 소리와 구심의 스트라이크 콜이 동시에 울려 퍼졌다.

"젠장, 빠르잖아."

움찔 놀란 라이언 심플이 전광판을 올려다봤다.

전광판에는 98mile/h(≒157.7㎞/h)이라는 구속이 찍혀 있었다.

오늘 경기 전까지 강동원의 최고 구속이 98mile/h이었으니 대단히 빠른 공을 던진 건 아니었다.

하지만 라이언 심플이 느끼기에 체감 구속은 100mile/h(≒160.9㎞/h)에 가까웠다.

측정값이다 보니 구속이 낮게 잡혔을 뿐 홈 플레이트 앞쪽에서 느낀 공의 움직임은 감히 방망이를 내밀지조차 못할 정도였다.

"뭐야? 언제까지 포심 패스트볼만 던지게 할 거야? 저러다 금방 지칠 거라고."

괜히 심통이 난 라이언 심플이 비스트 포지를 붙잡고 늘어졌다. 강동원의 컨디션이 좋다 하더라도 사인을 내고 공을 받는 건 비스트 포지였다.

비스트 포지의 속셈만 읽을 수 있다면 강동원을 충분히 공략해 낼 수 있다고 여겼다.

하지만 비스트 포지가 그 정도 트래시 토크에 흔들릴 리 없었다.

"그런 걱정은 루이스 페르도르에게나 하라고. 강은 체력 하나는 끝내주니까."

"그래도 빠른 공으로 버티는 건 한계가 있을 텐데?"

"글쎄? 왜 강이 빠른 공만 던질 거라고 생각하는 거지?"

"그럼 뭐? 다른 거라도 있어?"

"하하, 지난번에 커브를 때려 안타를 만들었다고 너무 우쭐대는 거 아냐?"

"솔직히 강의 커브는 좀 시시하다고. 이제 머릿속에 훤히 그려지는데 뭘."

"자신감이 지나친데? 좋아. 기대하라고. 제대로 된 걸 보여줄 테니까."

"그래, 기대하지!"

라이언 심플이 씩 웃으며 방망이를 들어 올렸다. 그러면서도 내심 커브가 들어오길 바랐다.

어지간한 포수라면 타자의 허를 찌르기 위해 포심 패스트볼을 요구할 것이다.

하지만 비스트 포지쯤 되는 베테랑이라면 거기서 다시 한번 더 비틀어 볼배합을 가져갔다.

'보나마나 내가 포심 패스트볼을 노린다고 생각하고 있을 테니까 커브겠지.'

라이언 심플의 얼굴에 얼핏 자신감이 번졌다. 바로 그 순간.

후앗!

강동원의 손끝을 빠져나간 공이 큰 포물선을 그리며 비스트 포지의 미트를 향해 날아들었다.

"역시!"

라이언 심플은 기다렸다는 듯이 방망이를 돌렸다.

지난 경기에서 때려냈던 강동원의 커브 궤적을 머릿속에 떠올리며 최대한 방망이 중심에 공을 맞혀내려고 애를 썼다.

하지만 지난 경기에 비해 달라진 건 포심 패스트볼만이 아니었다.

커브 역시 훨씬 날카로워졌다. 전반기 한창 좋을 때와 비교해도 손색이 없을 만큼 회전이 잘 먹혔다.

그 결과.

후웅!

라이언 심플의 방망이는 애꿎은 허공을 가르고 말았다.

"젠장할!"

라이언 심플이 제자리에서 펄쩍 뛰어올랐다. 그토록 기다리던 커브가 들어왔는데 그걸 놓치다니. 잠시나마 스스로가 용납이 되질 않았다.

그러자 비스트 포지가 피식 웃으며 라이언 심플을 건드

렸다.

"뭐야? 고작 헛스윙을 보여주고 싶었던 거야?"

"젠장! 시끄러워!"

"시끄럽긴 네가 더 시끄럽던데?"

"뭐?"

"네 스윙 말이야. 어찌나 요란하게 허공을 가르던지 원……. 아, 아! 이거 고막은 괜찮나 모르겠어."

"크으윽!"

라이언 심플이 입술을 질근 깨물었다. 동료들이 어째서 비스트 포지와 트래시 토크를 해봐야 좋을 거 없다고 말했는지 그 이유를 알 것만 같았다.

하지만 라이언 심플은 비스트 포지의 바람대로 흔들리지 않았다.

비록 리빌딩에 갇혀 있는 팀이긴 하지만 파드리스의 5번 타자였다. 4번 타자 뒤를 받쳐 주는 중심 타자 중 한 명이 었다.

"후우……. 진정하자. 월의 말이 맞았어. 저번 경기 때와 는 확실히 달라."

라이언 심플의 표정이 처음으로 진지해졌다. 앞선 경기만 생각하고 덤벼들었다간 월 마이스 꼴이 날 것만 같았다.

'다른 건 몰라도 삼진을 당할 수는 없어!'

라이언 심플이 질근 입술을 깨물었다. 윌 마이스를 비롯해 삼진을 당한 타자들을 보며 혀를 찼는데 자신까지 그 웃음거리에 합류할 생각은 눈곱만큼도 없었다.

　'이번엔 뭘까? 포심? 아니면 커브? 그래, 커브. 커브가 들어올 거야.'

　라이언 심플은 다시 머릿속으로 커브를 그렸다. 어차피 반반의 확률이라면 그나마 때려낼 가능성이 높은 커브를 노리고 가는 게 나을 것 같았다.

　하지만 비스트 포지가 선택한 공은 포심 패스트볼도 커브도 아니었다.

　후앗!

　강동원의 손끝을 빠져나간 공이 바깥쪽으로 날아들었다.

　'젠장! 빠른 공이라니!'

　라이언 심플은 걷어낼 생각으로 방망이를 돌렸다. 하지만 공은 마지막 순간에 뚝 하고 떨어져 내렸다.

　'체인지업!'

　뒤늦게 공의 정체를 알아챈 라이언 심플이 이를 악물고 방망이를 멈추려 했다.

　하지만 관성을 이기지 못한 방망이는.

　따악!

　힘없이 공과 부딪히고 말았다.

툭. 투둑.

빗맞은 공은 유격수 쪽으로 빠르게 굴러갔다. 유격수 브래드 크로포트가 빠르게 움직여 공을 잡은 후 1루에 던져 아웃을 시켰다.

"젠장, 하필 체인지업이라니!"

라이언 심플이 이를 악물며 더그아웃으로 몸을 돌렸다.

그러면서도 벤치에 앉아서는 고개를 빳빳하게 들었다.

강동원의 연속 타자 탈삼진 기록을 저지했으니 기죽을 필요는 없다고 여겼다.

그사이 파드리스의 6번 타자 자바라 블랙이 타석에 들어섰다.

"애송이를 상대로 다들 뭐 하고 있는 거야?"

앞선 타자들의 무기력한 타석을 지켜본 자바라 블랙이 질근 입술을 깨물었다.

이대로 가면 강동원의 페이스에 완전히 휘말릴 것 같았다. 그전에 자신이라도 어떻게든 살아나가야 할 것 같았다.

자바라 블랙은 몸에 맞아도 좋다는 심정으로 홈 플레이트 쪽에 바짝 붙었다. 그리고 비스트 포지는 그것을 놓치지 않았다.

'몸 쪽 공이 두렵지 않다, 이거지?'

비스트 포지는 초구에 몸 쪽 포심 패스트볼을 요구했다.

높이는 가슴 쪽.

100mile/h(≒160.9km/h)에 가까운 공으로 자바라 블랙을 꼼짝 못 하게 만들 생각이었다.

'몸 쪽 포심이라. 좋지.'

강동원은 망설이지 않고 고개를 끄덕였다. 그렇지 않아도 홈 플레이트에 바짝 붙은 자바라 블랙이 마음에 들지 않던 차였다.

"후우……."

길게 숨을 고른 뒤 강동원이 투구판을 힘껏 밟았다. 그리고 왼 다리를 높이 들었다.

후앗!

강동원의 손끝을 빠져나간 공이 총알처럼 자바라 블랙의 얼굴 쪽으로 날아들었다.

"헉!"

자바라 블랙은 헛바람을 삼키며 뒤로 몸을 쭉 물러났다. 그사이 공은 비스트 포지의 미트 속으로 정확하게 틀어박혔다.

퍼엉!

묵직한 포구 소리가 경기장에 울려 퍼졌다.

"스트라이크!"

주심의 오른팔도 여지없이 올라갔다.

그러자 자바라 블랙이 믿을 수 없다는 눈으로 구심을 쳐다
보았다.

"방금 들어왔어요?"

"들어왔잖아."

"정말 들어왔다고요?"

"들어왔으니 스트라이크를 외쳤겠지."

"높았잖아요. 아니에요?"

"그래, 아니야!"

"젠장, 분명 높았는데……."

자바라 블랙이 불만스럽게 투덜거렸다.

분명 공이 높아 보였는데 구심이 비스트 포지의 프레이밍
에 속아 넘어갔다는 생각이 들었다.

하지만 퇴장을 각오하고 구심과 맞서 싸울 생각은 없었다.

"조금 여유 있게 서자."

자바라 블랙이 처음보다 홈 플레이트에서 한 발 뒤로 물러
났다. 그것을 확인한 비스트 포지가 피식 웃었다.

"그래, 그렇게 나와야지."

비스트 포지는 곧바로 바깥쪽 사인을 냈다.

구종은 체인지업.

가볍게 고개를 끄덕인 뒤 강동원이 있는 힘껏 공을 던졌다.

후앗!

강동원의 손끝을 빠져나간 공은 바깥쪽으로 도망치듯 날아가다가 마지막 순간에 살짝 가라앉았다.

그것을 자바라 블랙이 망설이지 않고 그대로 밀어쳤다.

따악!

방망이 끝부분에 걸린 타구가 날카롭게 뻗어 나갔다. 하지만 이내 1루 파울라인을 벗어나 관중석 너머로 사라져 버렸다.

"젠장, 때려낼 수 있었는데."

체인지업을 놓친 자바라 블랙이 아쉬움을 감추지 못했다. 처음처럼 홈 플레이트 쪽에 붙어서 자세를 잡았다면 방망이 중심 부분에 걸릴 수도 있는 공이었다.

"그건 그렇고 포심 패스트볼 다음에 체인지업이면 3구는 뭘 던질 생각인 거지?"

자바라 블랙이 복잡한 얼굴로 타석에 들어섰다. 포심 패스트볼과 커브. 둘 중에 강동원이 어떤 구종으로 승부를 걸어 올지 확신이 서질 않았다.

그사이 강동원과 비스트 포지는 사인을 교환했다.

3구째 구종은 커브.

코스는 바깥쪽이었다.

우타자인 자바라 블랙의 눈에 바깥쪽으로 도망치는 것처럼 보이는 공을 요구했다.

"좋아."

강동원은 가볍게 고개를 끄덕였다. 그리고 곧바로 공을 내던졌다.

후앗!

강동원의 손끝을 빠져나간 공이 큰 포물선을 그리며 떨어졌다. 그러자 자바라 블랙이 망설이지 않고 방망이를 돌렸다. 그것도 커브를 노리기라도 한 것처럼 공이 떨어지는 그때를 노려 공략했다.

따악!

방망이 중심 부분에 걸린 타구가 쭉 하고 뻗어 나갔다. 동시에 강동원의 고개가 확 하고 돌아갔다.

1루수 브래드 벨트가 점프를 해 보았지만 타구를 잡아내지 못했다. 그러나 천만다행히도 마지막 순간에 공이 휘어져 나가면서 파울이 선언되었다.

"크윽! 젠장할!"

1루로 반쯤 내달렸던 자바라 블랙이 인상을 찡그리며 다시 타석으로 돌아왔다.

그사이 강동원은 놀란 가슴을 진정시키며 마운드를 내려가 로진백을 주물렀다.

"괜찮아. 공은 좋았어."

강동원은 결과를 냉정하게 평가했다. 비록 얻어맞긴 했지만 정타는 아니었다. 그렇다는 건 커브의 무브먼트가 자바라 블랙의 노림수를 이겨냈다는 소리였다.

"후우……!"

손에 묻은 가루를 길게 불어낸 뒤 강동원은 다시 마운드에 올랐다. 투구판에 발을 디딘 뒤 아무렇지도 않은 얼굴로 비스트 포지를 바라봤다.

자바라 블랙도 던졌던 방망이를 주워들고 타석에 섰다. 그러면서도 앞선 타격에 대한 아쉬움에서 벗어나지 못했다.

'조금만 안쪽으로 들어왔으면 장타 코스였는데…….'

자바라 블랙의 입가로 쓴웃음이 번졌다. 바로 그 순간 사인 교환을 마친 강동원이 빠르게 공을 던졌다.

후앗!

강동원의 손끝을 빠져나간 공이 바깥쪽으로 빠르게 날아들었다.

'아차!'

자바라 블랙은 깜짝 놀라며 방망이를 휘둘렀다. 하지만 공은 그보다 먼저 비스트 포지의 미트 속으로 빨려 들어간 후였다.

퍼엉!

묵직한 포구 소리가 경기장에 울려 퍼졌다. 뒤이어 구심이 요란스럽게 오른팔을 돌렸다.

"스트라이크 아웃!"

"젠장!"

자바라 블랙이 질근 입술을 깨물며 강동원을 노려봤다.

잠깐 정신이 팔린 사이에 공을 던지다니. 이보다 더 치졸한 짓은 없을 것 같았다.

하지만 강동원은 자바라 블랙은 신경조차 쓰지 않은 채 당당히 마운드를 내려갔다. 그런 강동원을 향해 중계진이 박수를 보냈다.

–강! 강! 또 삼진입니다. 도대체 몇 개의 삼진을 잡았죠?

–2이닝 동안 무려 5개의 삼진을 잡았네요. 5번 타자였던 라이언 심플까지 삼진으로 돌려세웠다면 여섯 타자 연속 탈삼진을 기록했을 텐데 말이죠.

–맞습니다. 참 안타깝네요.

–그래도 강은 중심 타선을 상대로 삼진 2개 땅볼 1개를 기록했습니다. 그리고 두 이닝 연속 파드리스의 공격을 삼자범퇴로 돌려세웠습니다.

–오늘의 강은 그야말로 물 만난 고기 같습니다. 투구를 하는데 거침이 없어요.

–하하하! 개인적으로 저는 이런 투구를 보는 것이 정말 행복합니다.

중계진의 극찬 속에 2회 말 자이언츠의 공격이 시작됐다.

선두 타자는 5번 타자 브래드 벨트.

왼쪽 타석에 들어선 브래드 벨트는 초구와 2구, 바깥쪽을 파고드는 투심 패스트볼을 그냥 지켜보기만 했다.

원 스트라이크 원 볼 상황에서 3구째 들어온 커브 유인구까지 참아낸 브래드 벨트는 4구째 몸 쪽을 파고든 투심 패스트볼을 있는 힘껏 잡아당겼다.

하지만 애석하게도 타구는 유격수 정면으로 굴러가고 말았다.

뒤이어 타석에 들어선 6번 타자 브래드 크로포트는 초구에 날아든 커브를 그냥 지켜보았다.

구심의 판정은 스트라이크.

브래드 크로포트가 살짝 높지 않았느냐고 항의해 봤지만 받아들여지지 않았다.

원 스트라이크 상황에서 2구째 몸 쪽을 파고든 투심 패스트볼에 방망이가 나갔지만 타이밍을 맞추지 못하고 헛스윙이 되고 말았다.

그렇게 투 스트라이크에 몰린 상황에서 브래드 크로포트는 3구째 다시 바깥쪽을 파고드는 백도어성 커브에 그대로 스탠딩 삼진으로 물러났다.

"후우……."

두 개의 아웃 카운트를 여유롭게 잡아낸 루이스 페르도르는 7번 타자 에두아르 누네스를 상대했다.

루이스 페르도르는 자신의 장기인 투심 패스트볼을 공격적으로 내던졌다.

에두아르 누네스는 초구 투심 패스트볼을 그냥 지켜본 뒤 2구째 바깥쪽으로 흘러 나가는 체인지업에 헛스윙을 하였다.

투 스트라이크 노 볼 상황에서 궁지에 몰린 에두아르 누네스는 3구 째 바깥쪽으로 휘어져 들어온 커브를 잘 골라내며 한숨 돌리는 데 성공했다.

하지만 4구째 몸 쪽을 날카롭게 파고드는 투심 패스트볼을 건드려 2루수 땅볼로 물러나게 됐다.

-루이스 페르도르, 강만큼이나 견고한 피칭을 이어갑니다.

-루이스 페르도르도 현재 9승에 머물러 있는데요. 10승이 탐이 나는 건 마찬가지일 것 같습니다.

2회 말을 삼자범퇴로 마무리 지은 뒤 루이스 페르도르가 당당하게 마운드를 걸어 내려갔다.

하지만 중계진은 여전히 강동원이 한 수 위의 피칭을 선보이고 있다고 말했다. 다른 것을 떠나 강동원과 루이스 페르도르는 삼진 개수부터 큰 차이를 보이고 있었다.

벤치에 앉아서 잠시 숨을 돌렸던 강동원은 3회 초를 위해 다시 마운드에 올랐다.

"강! 가아앙!"

"강! 여기 좀 봐!"

"내 사랑 강! 여기야! 여기라고!"

강동원이 더그아웃을 벗어나자 관중들이 환호성과 박수를 치며 격려했다.

특히나 적잖은 여성팬이 강동원을 향해 목이 찢어져라 소리를 내질렀다.

"후후. 이놈의 인기란."

강동원의 입가를 타고 짓궂은 웃음이 번졌다. 다른 때 같았다면 긴장감에 아무 소리도 들리지 않았겠지만 2이닝 동안 삼진 5개를 잡아내는 과정에서 오늘 경기는 이길 수 있다는 확신이 생겼다. 그 확신이 강동원을 한결 여유롭게 만들어주었다.

"그래도 경기에 집중해야겠지."

귓가를 먹먹하게 만드는 환호성을 의식 밖으로 밀어내며 강동원은 천천히 숨을 골랐다. 그리고 마운드의 흙을 고르고 연습 투구에 들어가려던 순간.

"강! 조심해!"

갑작스럽게 비스트 포지가 자리에서 벌떡 일어났다.

"응?"

강동원은 놀란 얼굴로 고개를 돌렸다. 놀랍게도 한 금발의 아리따운 여성이 경기장에 난입해 강동원에게 달려오고 있었다.

"허, 메이저리그에서도 이런 일이 다 있네."

관리인들에게 붙잡혀 바둥거리는 여성을 보며 강동원은 헛웃음을 흘렸다.

한국 프로야구에서는 경기 중에 종종 관중들이 들어오곤 했다.

특히 부산은 그런 일들이 빈번하게 일어났다. 부산 자이언츠의 일명 '사직아재들'이라고 하면 모르는 사람이 없을 정도였다.

팬으로서 선수를 가까이서 보고 싶은 마음에 구장에 난입하는 사람도 없지 않겠지만, 대부분은 술기운을 이기지 못하고 즉흥적으로 사고를 치는 경우가 많았다.

그래서 강동원의 머릿속에는 난입 관객은 아저씨라는 인식이 강했다. 멀리서 보더라도 아리따운 금발의 여성이 난입하리라고는 생각지도 못했다.

게다가 금발의 여성은 강동원을 향해 손을 흔들어 대고 있었다.

"강! 가앙!"

강동원은 여성을 무자비하게 끌어내는 관리인들이 야속하게 느껴졌다.

경기 운영 원칙상 어쩔 수 없는 일이겠지만 자신의 팬인 것 같다는 생각이 드니 괜히 동정심이 샘솟았다.

하지만 지금 상황에서 강동원이 할 수 있는 일은 아무것도 없었다. 그저 멋쩍게 웃어넘긴 뒤 연습 투구에 집중하는 게 최선이었다.

어느 정도 소동이 마무리될 때쯤 비스트 포지가 마운드에 올랐다. 덩달아 내야수들도 함께 마운드에 모였다.

선수들의 얼굴에는 하나같이 미소가 걸려 있었다.

"괜찮아?"

비스트 포지가 살짝 걱정스러운 얼굴로 강동원을 바라보았다.

"아, 네에. 괜찮아요."

강동원이 대수롭지 않게 고개를 주억거렸다.

"정말 괜찮은 거야?"

"그럼요."

"아쉽진 않고?"

"하하. 아쉽긴요."

"거짓말. 아쉬워하는 얼굴인데?"

"그럴 리가요."

"그렇다면 다행이고."

비스트 포지가 씩 웃었다. 갑작스러운 관중 난입으로 인해 강동원의 집중력이 깨지면 어쩌나 걱정했는데 그 정도까지는 아닌 모양이었다.

"좋아."

비스트 포지는 강동원의 어깨를 가볍게 툭 치고는 마운드를 내려갔다.

다른 내야수들도 강동원에게 격려의 말을 전한 뒤 제자리로 갔다.

하지만 유격수 브래드 크로포트는 실실 웃으며 마지막까지 남아 있었다.

"안 내려가요?"

"좋겠다, 너."

"뭐가요?"

"뭐긴 뭐야. 저 여자 말이지."

"그냥 경기장에 멋대로 들어온 관중이잖아요."

"정말 그렇게 생각해?"

"그럼 아니에요?"

"난 봤다고. 저 여자를 향한 네 뜨거운 시선을 말이야."

"아, 아니거든요?"

"뭐 어때? 저 여자도 네가 보고 싶어서 온 것 같은데."

"그건 모르는 거잖아요."

"과연 그럴까? 분명 중계 화면에 저 여자의 입 모양이 잡혔을 텐데 말이야."

브래드 크로포트는 팀 내에서 장난을 많이 치기로 유명했다. 물론 짓궂은 브래드 크로포트 덕분에 클럽 하우스 분위기도 좋았다.

하지만 당하는 당사자 입장은 난감할 수밖에 없었다.

그런 브래드 크로포트가 또 하나의 건수를 잡은 것처럼 강동원을 물고 늘어졌다.

그나마 다행인 건 브래드 크로포트에게 크고 작은 놀림을 받은 게 한두 번이 아니라는 점이었다.

"한 달 동안은 저걸로 시달리겠네."

엉덩이를 실룩거리며 제자리로 돌아가는 브래드 크로포트를 바라보며 강동원이 고개를 절레절레 흔들어 댔다. 그때 구심의 목소리가 들려왔다.

"강!"

"아, 네. 알겠습니다."

구심의 배려 속에 강동원은 5개 정도 연습구를 던졌다. 잠깐 투구 리듬이 끊겼을 뿐인데 손끝을 떠난 공들이 미세하게 흔들리는 느낌이 들었다.

"집중하자! 지금은 경기 중이야."

다시 한번 마운드를 고르며 강동원은 마음을 다잡았다. 그렇게 잠깐의 재정비 시간을 마치고서야 강동원의 표정이 달라졌다. 다시 전투 모드로 돌입한 것이다.

"좋아, 강. 바로 그거야."

강동원의 눈빛을 확인한 비스트 포지가 만족스러운 얼굴로 고개를 끄덕였다. 그렇게 파드리스의 3회 초 공격이 시작됐다.

두 이닝 연속으로 파드리스의 공격을 삼자범퇴로 막아내면서 7번 타자 루이스 사다스부터 타순이 시작됐다.

'자, 강. 시원하게 하나 던져 봐.'

비스트 포지는 곧바로 사인을 보냈다. 언제나 그랬듯이 몸쪽 포심 패스트볼이었다.

강동원이 가볍게 고개를 끄덕였다. 투구판에 올라서서 자세를 잡은 후 천천히 다리를 들어 올렸다. 그리고 숨을 반쯤 내쉰 상태에서 힘차게 투구판을 박차며 앞으로 나아갔다.

후앗!

강동원의 손끝을 빠져나간 공이 루이스 사다스의 몸 쪽을 정확하게 파고들었다.

퍼엉!

"스트라이크!"

묵직한 포구 소리에 이어 구심의 요란스러운 스트라이크 콜이 경기장에 울려 퍼졌다.

'역시. 살아 있어.'

초구를 받은 비스트 포지의 얼굴에 미소가 번졌다. 연습 투구 때 조금씩 몰려 들어오던 공이 정확하게 로케이션되었다.

"나이스 볼!"

비스트 포지가 크게 외치며 강동원에게 공을 던져 주었다. 강동원도 씩 웃고는 다음 투구를 준비했다.

"저 자식, 남자 맞아?"

루이스 사다스가 미간을 찌푸렸다.

자신이 봐도 휘파람이 절로 나올 만큼 섹시한 여자가 다녀갔는데 아무렇지도 않게 공을 던질 수 있다는 게 이해가 가질 않았다.

그러나 강동원의 머릿속에서 조금 전 상황은 이미 삭제된 지 오래였다.

'다음 공은 여기로.'

비스트 포지가 손가락을 움직였다. 2구는 바깥쪽 체인지업이었다.

강동원은 비스트 포지를 향해 빠르게 공을 던졌다.

하지만 속여야겠다는 생각이 강했던지 공이 스트라이크 존을 먼저 벗어나면서 볼이 되었다.

"좋아, 좋아."

원 스트라이크 원 볼 상황에서 비스트 포지는 바깥쪽 포심 패스트볼 사인을 냈다.

강동원은 비스트 포지의 미트를 향해 힘차게 공을 던졌다.

후앗!

강동원의 손끝을 빠져나간 공이 한복판을 지나 타자의 가장 먼 쪽 스트라이크 존을 정확하게 파고들었다.

퍼엉!

"스트라이크!"

묵직한 포구 소리에 이어 또다시 구심의 스트라이크 선언이 이어지자 루이스 사다스가 어이없다는 표정을 지었다.

빠져나갔다고 생각했던 공을 구심이 잡아주었으니 절로 짜증이 치밀어 올랐다.

하지만 루이스 사다스는 구심에게 따지지 않았다. 경기가 지연되면서 신경이 날카로워진 구심을 자극해 봐야 득이 될 게 없다고 판단했다.

"후우……."

길게 숨을 고르며 루이스 사다스가 다시 타석에 들어섰다.

그사이 비스트 포지와 사인을 주고받은 강동원도 투구판

을 밟았다. 그리고 힘차게 마운드를 박차며 공을 던졌다.

후앗!

강동원의 손끝을 빠져나간 공이 큰 포물선을 그리며 몸 쪽으로 날아들었다.

'커브!'

루이스 사다스는 반사적으로 내밀려던 방망이를 멈춰 세웠다. 볼카운트를 놓고 봤을 때 스트라이크 존을 벗어나는 유인구일 가능성이 높다고 판단한 것이다.

하지만 비스트 포지와 강동원은 루이스 사다스를 상대로 승부를 질질 끌 생각이 없었다.

루이스 사다스가 타격의 의지를 완전히 접은 그 순간, 맹렬히 회전하던 공이 폭포수처럼 뚝 떨어졌다. 그리고 정확하게 비스트 포지의 미트 속으로 빨려 들어갔다.

그와 동시에 구심이 요란스럽게 소리쳤다.

"스트라이크, 아웃!"

"크윽! 젠장할!

루이스 사다스가 욕지거리를 내뱉었다. 거의 얼굴 높이로 날아들던 공이었는데 스트라이크 존을 파고들 줄은 예상하지 못한 것이다.

하지만 분풀이를 한다고 해서 경기 결과가 달라지는 것은 아니었다.

구심의 무관심 속에 루이스 사다스가 고개를 떨군 채로 더그아웃으로 몸을 돌렸다.

그사이 8번 타자 크리스티안 베탄코스가 등장했다.

벤치에서 3이닝 연속 삼자범퇴는 막아야 한다는 지령이라도 떨어진 듯 크리스티안 베탄코스 눈빛은 어딘지 모르게 비장해 보였다.

타석에 들어서서도 방망이를 날카롭게 휘둘러 보고는 타격 자세를 취했다.

"흠⋯⋯."

유난스러운 크리스티안 베탄코스를 살피며 비스트 포지가 살짝 미간을 찌푸렸다.

평소보다 타석에 바짝 붙은 것이 뭔가 노림수를 가지고 들어온 것 같았다.

그러나 비스트 포지는 굳이 볼배합을 바꾸지 않았다.

오늘 강동원의 컨디션이라면 설사 작전이 걸렸다 한들 충분히 이겨낼 수 있다고 생각했다.

초구 사인은 몸 쪽 포심 패스트볼.

"좋아."

강동원이 가볍게 고개를 끄덕였다.

후앗!

강동원의 날카로운 기합 소리와 함께 새하얀 공이 홈 플레이트 쪽으로 날아들었다.

그 순간, 크리스티안 베탄코스가 갑자기 무릎을 굽히며 번트 자세를 취했다.

딱!

강동원이 화들짝 놀라며 곧바로 앞으로 달려갔다. 그러나 다행히도 방망이 끝부분에 걸린 타구는 그대로 1루 측 파울 라인을 벗어나 버렸다.

"후우……."

크리스티안 베탄코스의 갑작스러운 기습 번트에 식겁했던 강동원이 숨을 고르며 마운드로 돌아갔다. 그리고 비스트 포지의 사인을 기다렸다.

잠시 고심하던 비스트 포지가 천천히 손가락을 움직였다.

2구째 사인은 바깥쪽 커브.

크리스티안 베탄코스가 연속해서 번트를 댈지도 모른다는 판단을 한 모양이었다.

가볍게 고개를 끄덕인 뒤 강동원이 다시 힘차게 공을 던졌다.

후앗!

강동원의 손끝을 빠져나간 공이 포심 패스트 볼처럼 날아들다가 예리하게 꺾이며 포수 미트 속으로 들어갔다.

그러자 재차 번트를 대려고 덤벼들었던 크리스티안 베탄

코스가 '윽' 하고 소리를 내지르며 뒤로 물러섰다.

비스트 포지는 씩 웃으며 살짝 높게 날아든 변형 커브를 단단히 잡아 내렸다.

하지만 구심은 스트라이크로 인정해 주지 않았다. 크리스티안 베탄코스의 호들갑스러움에 정신이 팔린 모양이었다.

"괜찮아. 신경 쓰지 말자고."

비스트 포지가 미트를 두드리며 3구째 사인을 냈다.

이번 공은 또다시 몸 쪽으로 붙이는 포심 패스트볼이었다.

가볍게 고개를 끄덕인 뒤 강동원이 힘껏 공을 내던졌다.

펑!

"스트라이크!"

순식간에 홈 플레이트를 파고든 공이 비스트 포지의 미트 속에 파묻혔다. 3연속 번트 시도를 놓고 고민했던지 크리스티안 베탄코스는 방망이를 돌리지도 못하고 공을 지켜보고 말았다.

"좋아! 최고야!"

비스트 포지가 만족스러운 얼굴로 고개를 끄덕였다. 오늘 강동원의 몸 쪽 패스트볼은 거의 대부분 스트라이크 판정을 받았다.

포수 입장에서는 꽉 찬 몸 쪽 공을 제대로 던져주는 투수만큼 고마운 존재가 없었다.

비스트 포지에게서 공을 돌려받은 강동원은 마운드를 내려가 로진 백을 들었다. 그리고 다시 마운드에 올라 4구째 사인을 기다렸다.

투 스트라이크 원 볼 상황이었다.

승부를 걸 수도 있고 유인구로 타자의 방망이를 끌어낼 수도 있었다.

비스트 포지는 고민 끝에 유인구를 선택했다. 순식간에 투 스트라이크를 먹고 크리스티안 베탄코스가 초조해졌을 테니 유인구로 유도하면 삼진을 잡아낼 수 있을 것이라고 판단했다.

구종은 슬라이더.

평소 잘 던지지 않는 공인 만큼 포심 패스트볼이라 여기고 속아 넘어갈 가능성도 높았다.

"역시, 포지는 짓궂다니까."

사인을 확인한 강동원이 씩 웃었다. 그러고는 곧바로 투구판을 박차고 앞으로 나갔다.

후앗!

강동원의 손끝을 빠져나간 공이 순식간에 홈 플레이트 바깥쪽을 파고들었다.

하지만 움직임이 너무 예리해서일까.

크리스티안 베탄코스는 미처 방망이를 내밀 엄두조차 내

지 못했다.

그 바람에 볼카운트가 투 스트라이크 투 볼로 바뀌었다.

"이제 더 시간을 끌 필요는 없겠지."

비스트 포지가 빠르게 손가락을 움직였다. 그리고 여기서 끝내자며 힘차게 미트를 두드렸다.

비스트 포지의 선택은 다름 아닌 커브였다.

"역시."

같은 생각을 하고 있었던 강동원이 만족스러운 얼굴로 고개를 끄덕였다. 그리고 투구판을 단단히 밟았다.

'저 자식, 뭘 던지려는 거지?'

자신만만한 강동원의 눈빛에 크리스티안 베탄코스의 머릿속이 복잡하게 변했다.

당초 예상했던 건 커브나 체인지업이었다.

하지만 어쩌면 강동원이 몸 쪽 포심 패스트볼로 자신을 찍어 누르려 할지도 모른다는 생각이 들었다.

'몸 쪽 포심이야. 몸 쪽 포심이 틀림없어.'

크리스티안 베탄코스가 슬그머니 왼발을 바깥쪽으로 움직였다. 오픈 스탠스까진 아니지만 몸 쪽을 조금 열어 놓아야 몸 쪽 공에 대처할 수 있을 것 같았다.

때마침 강동원의 손끝을 빠져나온 공이 거의 한복판으로 날아들었다.

'실투다!'

크리스티안 베탄코스는 망설이지 않고 방망이를 돌렸다.

하지만 정작 포심 패스트볼처럼 날아들던 공은 홈 플레이트 앞에서 뚝 하고 떨어져 버렸다.

'안 돼!'

크리스티안 베탄코스가 어떻게든 공을 건드리려 애를 썼다.

하지만 원 바운드된 공은 비스트 포지의 보호구를 때린 뒤 홈 플레이트 앞쪽으로 떨어졌다.

비스트 포지는 땅바닥에 바운드된 공을 들어 크리스티안 베탄코스의 허벅지에 가져다 댔다.

크리스티안 베탄코스가 억울하다는 얼굴로 비스트 포지를 노려봤지만 결과는 달라지지 않았다.

"후우……."

두 번째 아웃 카운트를 잡아낸 강동원이 길게 숨을 골랐다.

그사이 대기 타석에 서 있던 투수 루이스 페르도르가 타석으로 들어왔다.

강동원은 투수를 상대로 투구 수를 낭비하고 싶지 않았다. 그것은 비스트 포지 또한 마찬가지였다. 가급적이면 공의 위력으로 눌러 버리고 싶었다.

서로의 마음이 통했는지 비스트 포지는 별다른 사인을 내지 않고 한복판으로 미트를 들었다.

강동원이 피식 웃었다. 그리고 비스트 포지의 미트를 향해 힘차게 공을 던졌다.

퍼엉!

"스트라이크!"

96mile/h(≒154.5㎞/h)짜리 포심 패스트볼이 한복판으로 날아왔지만 루이스 페르도르는 제자리에서 꼼짝도 하지 못했다.

퍼엉!

"스트라이크!"

2구째 97mile/h(≒156.1㎞/h)짜리 포심 패스트볼이 날아들었지만 이번에도 루이스 페르도르는 멍하니 바라보기만 했다.

퍼엉!

"스트라이크, 아웃!"

3구째에도 한복판에 포심 패스트볼이 들어오자 루이스 페르도르는 발악이라도 하는 듯 방망이를 휘둘렀다.

하지만 이미 공은 사라지고 난 뒤였다.

루이스 페르도르는 쓴웃음을 흘리며 전광판을 바라봤다.

그곳에서 99mile/h(≒159.3㎞/h)이라는 구속을 확인하고는 고개를 절레절레 흔들며 더그아웃으로 몸을 돌렸다.

-강! 크리스티안 베탄코스에 이어 루이스 페르도르까지 3구 삼진으로 잡아냅니다!

　-이번 이닝에 세 타자를 전부 삼진으로 잡아냈는데요. 그야말로 압도적인 투구를 이어가고 있습니다.

39장
승부사 II

강동원은 개선장군처럼 당당히 마운드를 내려가 더그아웃
으로 향했다.

자이언츠 관중들은 그런 강동원을 향해 뜨거운 박수를 보
내주었다.

그 모습을 지켜보던 자이언츠의 원투펀치, 메디슨 범가드
너와 제니 쿠에토가 묘한 표정을 지었다.

"와우! 메디슨. 저 녀석 좀 봐. 오늘 왜 저래? 한국에서 무
슨 약이라도 먹었나 봐."

강동원이 3이닝 동안 무려 8개의 탈삼진을 솎아내자 제니
쿠에토가 놀람을 감추지 못했다.

제니 쿠에토는 2004년 레즈와 계약을 맺고 2008년 메이저

리그에 데뷔한 베테랑 투수였다.

레즈에서 생활해 오던 2015년 7월에 로열스로 팀을 옮긴 후 2015년 12월에 FA 자격을 획득하며 자이언츠와 6년 계약을 맺었다.

오랜 메이저리그 경력만큼이나 제니 쿠에토의 커리어는 화려했다.

2014년에 내셔널리그 삼진왕에 올랐고 2014년과 2016년에 내셔널리그 올스타에 선정되기도 했다. 그리고 2015년에 로열스 투수로 월드시리즈 우승 반지까지 차지했다.

제니 쿠에토의 주 무기는 메이저리그의 어느 투수도 흉내낼 수 없는 다이내믹한 투구 동작으로 던지는 패스트볼.

그 외에도 커터 슬라이더 체인지업 등 못 던지는 구종이 없었다.

그런 대단한 투수가 강동원의 탈삼진 쇼를 보고 감탄을 하고 있었다.

"정말 강의 커브는 최고야. 진짜 내 커브하고 비교하면 민망할 정도라니까? 범가드너 넌 어때? 저런 커브 던질 수 있겠어?"

"훗! 당연히……. 못 던지지, 인마. 저 커브는 강의 전매특허야! 아무도 따라하지 못한다고!"

"크흐흐. 천하의 범가드너도 포기하는 공이 있다니. 조만

간 에이스 자리 뺏기겠군."

제니 쿠에토가 메디슨 범가드너를 도발하듯 말을 했다. 하지만 정작 메디슨 범가드너는 아무렇지 않는 듯 보였다.

"뭐, 뺏어보라고 하지. 에이스라는 호칭이 뭐가 중요해? 그저 꾸준하게 잘 던지는 게 최고야. 그리고 강 같은 루키들이 자라줘야 메이저리그가 발전하는 거라고. 관중들도 더 찾게 될 테고 말이야. 그보다 난 제니, 네가 걱정인데."

"내가 뭐?"

"나야, 뭐 에이스도 해봤고 누릴 수 있는 건 다해봤는데 넌 아직 거기서 거기잖아!"

메디슨 범가드너의 도발에 제니 쿠에토의 얼굴이 와락 일그러졌다.

"이봐, 메디슨. 뭔가 큰 착각을 하고 있는데. 레즈 시절에는 내가 에이스였다고."

"아, 그러세요?"

"젠장! 내가 맘만 먹으면 너 정도는 금방 잡을 수 있어. 정말이야!"

"그렇게 자신 있으면 한번 해보시든가."

"크으! 자꾸 도발하지 마. 정말 열심히 하고 싶어지니까. 아무튼 난 자이언츠가 좋고 2선발 자리에 만족하고 있다고. 그러니 날 만난 걸 감사해야 해."

"아, 그래? 그렇게 느긋하게 있다가 저 녀석에 추월당할지도 모르는데?"

메디슨 범가드너가 고갯짓을 하며 더그아웃으로 들어온 강동원을 가리켰다.

강동원은 모자를 벗고 수건으로 땀을 훔치고 있었다.

"흥! 이거 왜 이래! 저런 풋내기한테 내가 잡힐 것 같아! 웃기지 마!"

"누가 뭐래? 그냥 그렇다는 거지. 흥분하기는!"

"흐, 흥분? 내가? 허! 웃기는 소리 하지 마!"

제니 쿠에토는 어이없다는 듯 헛웃음을 흘렸다. 하지만 그런 과장된 모습이 메디슨 범가드너를 더욱 짓궂게 만들었다.

"하하하. 그래, 제니 네가 아니라면 아닌 거겠지."

"웃어? 왜 웃어?"

"왜? 나는 웃지도 못해?"

"상황이 그렇잖아. 이 상황에서는 웃는 게 이상한 거 아냐?"

"거참, 웃는 것도 내 마음대로 못 웃는군."

메디슨 범가드너가 장난스럽게 이죽거렸다. 그러자 제니 쿠에토가 더는 참지 못하고 자리에서 벌떡 일어났다.

"에잇! 같이 못 있겠네."

제니 쿠에토는 얼굴이 벌개진 채로 강동원 쪽으로 걸어갔다. 그리고 강동원 앞에서 걸음을 멈췄다.

"……?"

평소 인사만 하고 지내던 제니 쿠에토가 다가오자 강동원이 고개를 갸웃했다. 그러자 제니 쿠에토가 무거운 얼굴로 강동원을 쳐다봤다.

"강! 너에게 절대 안 져!"

"네?"

"그렇게 알아두라고!"

제니 쿠에토의 뜬금없는 선전포고에 강동원은 눈만 끔뻑거렸다.

그 모습을 지켜본 메디슨 범가드너는 손으로 입을 가리며 웃기 시작했다.

"뭐야? 대체 뭔 소리야?"

강동원은 고개를 돌려 자신의 궁금증을 풀어줄 사람을 찾았다.

그러다가 메디슨 범가드너와 눈이 마주쳤다.

"메디슨, 뭐 아는 거 있어요?"

강동원이 메디슨 범가드너에게 물었다.

"신경 쓰지 마, 강. 저 녀석, 오늘 컨디션이 별로니까."

메디슨 범가드너가 별일 아니라며 웃어 보였다.

"또 뭔 일이 있었던 거지?"

강동원의 시선이 다시 제니 쿠에토에게 향했다. 제니 쿠에토는 3선발 제이크 사마자 옆에서 뭔가 열변을 토하고 있었다.

마음 같아서는 슬쩍 다가가 이야기를 엿듣고 싶었지만 애석하게도 그럴 여유는 없었다. 이번 이닝에서 타석에 들어서야 하기 때문이었다.

"강! 뭐 하고 있어. 빨리 준비해!"

비스트 포지의 재촉에 강동원은 모자와 글러브를 내려놓고 헬멧과 방망이를 챙겨 대기 타석으로 갔다.

타석에는 8번 타자 조 패인이 들어서 있었다.

강동원에게 준비할 시간을 주기 위해 조 패인은 최대한 공을 많이 지켜보기로 마음을 먹었다. 그래서 초구에 들어온 아슬아슬한 투심 패스트볼을 지켜보며 볼을 얻어냈다.

하지만 루이스 페르도르의 2구가 몸 쪽을 파고들면서 볼카운트는 원 스트라이크 원 볼로 변해 있었다.

"강이 이제야 준비를 끝낸 모양이군."

대기 타석으로 강동원이 나오는 걸 확인한 조 패인이 다시 눈을 부릅떴다. 그리고 3구째 날아든 커브를 끝까지 지켜보며 볼을 얻어냈다.

"젠장할."

조 패인이 유인구에 넘어오지 않자 루이스 페르도르는 조바심이 났다.

만에 하나 조 패인이 출루한 상황에서 강동원 타석 때 번 트 작전이 나온다면 주자를 2루에 두고 까다로운 자이언츠의 테이블 세터를 상대할 수밖에 없었다.

"어떻게든 잡아내야 해."

잠시 고심하던 루이스 페르도르는 4구째 몸 쪽 체인지업 을 내던졌다.

포수 크리스티안 베탄코스는 유인구를 원했지만 볼카운트 가 몰린 터라 루이스 페르도르는 눈 딱 감고 스트라이크 존 으로 공을 밀어 넣었다.

하지만 그 공을 조 패인이 놓칠 리 없었다.

따악!

조 패인이 힘껏 내돌린 방망이 중심부분에 공이 정확하게 걸려들었다.

그리고 타구는 1루수와 2루수 사이를 꿰뚫고 외야로 굴러 나갔다.

조 패인은 재빨리 달려 1루에 안착했다. 그렇게 자이언츠 의 첫 안타가 조 패인에게서 나왔다. 그렇게 루이스 페르도 르는 오늘 경기 첫 안타를 허용했다.

"좋았어!"

대기 타석에서 조 패인의 타석을 지켜보던 강동원의 입가 에 미소가 번졌다.

선두 타자인 조 패인이 살아나갔으니 잘만 하면 이번 이닝에서 선취점을 뽑아낼 수 있을 것 같았다.

"잘하자, 강동원!"

강동원은 스스로를 독려하며 타석에 들어섰다.

그러자 루이스 페르도르가 빠득 이를 갈았다. 앞선 자신의 타석에서 3구 삼진을 당한 게 떠오른 것이다.

허탈하게 더그아웃으로 돌아가면서 루이스 페르도르는 강동원에게 똑같이 복수를 해주겠다고 마음을 먹었다.

포수 크리스티안 베탄코스도 강동원 타석 때만큼은 루이스 페르도르가 던지고 싶은 대로 던지게 해주겠다고 약속을 했다.

"이 새끼 두고 보자!"

루이스 페르도르가 입술을 질근 깨물었다.

그러고는 초구에 투심 패스트볼을 강동원의 몸 쪽으로 찔렀다.

후앗!

루이스 페르도르의 손끝에서 공이 빠져나가기가 무섭게 강동원은 깜짝 놀라며 뒤로 물러났다. 공의 움직임이 꼭 옆구리를 맞출 것처럼 느껴졌기 때문이다.

하지만 빠르게 몸 쪽을 파고든 공은 홈 플레이트 가장자리를 스쳐 지난 뒤 크리스티안 베탄코스의 미트 속에 파묻했다.

퍼엉!

묵직한 포구 소리가 강동원의 귓가를 울렸다.

전광판에는 96mile/h(≒154.5㎞/h)이라는, 만만찮은 구속이 찍혀 있었다.

"생각보다 훨씬 빠른데?"

강동원이 놀란 눈으로 루이스 페르도르를 바라봤다. 대기 타석에서 보던 것 이상으로 루이스 페르도르의 투심 패스트볼의 무브먼트가 좋았다. 마치 뱀처럼 휘어져 들어왔다.

"후우, 겁먹지 말자. 할 수 있어."

강동원은 다시 혼잣말을 중얼거리며 타석에서 물러났다. 그리고 3루 쪽을 바라봤다.

그러자 3루 뒤쪽에 서 있던 필 너반 3루 코치가 빠르게 수신호를 하였다.

그것을 본 강동원의 눈이 번쩍하고 떠졌다.

'번트!'

사인을 확인한 강동원이 고개를 주억거렸다. 초구에 별다른 작전이 나오지 않아 의아해했었는데 역시나 번트 사인이 나오고 말았다.

루이스 페르도르의 투심 패스트볼이 낯설기 때문에 번트를 대기란 쉽지 않은 일이었다.

하지만 강동원은 망설이지 않고 타석에 들어섰다. 지금 상황에서 한 점이 얼마나 중요한지 누구보다 잘 알고 있었기 때문이다.

'왠지 작전이 나온 거 같은데?'

강동원과 함께 필 너반 코치의 사인을 지켜봤던 포수 크리스티안 베탄코스가 바깥쪽으로 공 하나를 빼라는 신호를 보냈다.

하지만 루이스 페르도르는 고개를 가로저었다. 그러고는 막무가내로 똑같은 코스로 투심 패스트볼을 던졌다.

후앗!

뱀처럼 휘어져 들어오는 공을 본 강동원이 눈을 반짝였다. 여전히 빠르고 날카로운 공이었지만 초구를 지켜본 덕분인지 두려움이 많이 사라져 있었다.

'할 수 있다!'

강동원은 곧바로 자세를 낮추고 방망이를 내밀었다.

딱!

방망이 가운데 부분에 걸린 공이 살짝 떠올랐다.

마지막 순간에 방망이를 뒤로 빼내며 공의 숨을 죽였어야 했는데 투심 패스트볼의 구위에 눌려 제대로 번트를 대지 못한 것이다.

"젠장!"

강동원은 그냥 이를 악물고 1루로 내달렸다.

지금 강동원이 할 수 있는 건 투수와 포수의 마음을 조급하게 만드는 것뿐이었다. 그러면서 속으로 '떨어져'라고 간절히 외쳤다.

그런 강동원의 바람이 통한 것일까.

툭!

사람 머리 높이만큼 떠올랐던 타구가 루이스 페르도르 앞쪽으로 뚝 하고 떨어졌다.

"젠장할!"

단번에 공을 잡으려 했던 루이스 페르도르가 욕지거리를 내뱉었다.

그러고는 바닥을 나뒹구는 공을 잡아들기 위해 재빨리 팔을 뻗었다.

하지만 그 과정에서 잔디에 발이 걸리고 말았다.

"으악!"

발이 미끄러진 루이스 페르도르가 그대로 나자빠졌다.

뒤이어 크리스티안 베탄코스가 달려와 공을 잡았지만, 그때는 이미 조 패인이 2루에 도달한 상태였다.

"1루로!"

3루수 얀게르비스 솔라테가 다가와 재빨리 1루를 가리켰다.

크리스티안 베탄코스도 더는 망설이지 않고 1루를 향해 힘껏 공을 던졌다.

"아웃!"

1루 베이스를 유심히 바라보던 1루심이 한참 만에 오른팔을 들어 올렸다.

강동원이 최선을 다하긴 했지만 거의 간발의 차이로 공이 먼저 들어왔다고 판단한 것이다.

"후우……."

아쉽게 아웃이 된 강동원이 더그아웃으로 몸을 돌렸다. 브루스 보체 감독과 코치들 비롯해 자이언츠 동료들이 환호하며 강동원을 반겼다.

"잘했어!

"나이스 번트!"

"강! 이리 와!"

"나와! 강은 내 거라고!"

동료들의 호들갑스러운 독려 덕분에 강동원은 번트에 대한 아쉬움을 내려놓을 수 있었다.

"자, 여기서 조가 들어오는 걸 지켜보라고."

비스트 포지가 강동원의 어깨를 툭 때리고는 더그아웃 앞쪽으로 나갔다.

1사 주자 2루 찬스에서 자이언츠의 1번 타자 다나드 스팬이 타석에 들어서 있었다.

'강이 저렇게 고생해서 2루에 보내놨는데, 내가 가만히 있을 수 있나. 당연히 불러들여야지.'

다나드 스팬이 풍선껌을 씹으며 길게 공기를 불어넣었다. 풍선껌이 크게 부풀어 오르더니 이내 '펑' 하고 터졌다. 그 순간 다나드 스팬의 입가로 개구진 미소가 번졌다.

'후후, 풍선껌이 간만에 크게 불어졌네. 좋았어, 이번 타석 느낌이 좋아.'

다나드 스팬은 게임 중일 때 풍선껌을 씹었다.

그리고 풍선에 바람을 넣어 그 크기에 따라 그날의 컨디션을 확인했다. 이건 일종의 징크스인데 풍선의 크기에 따라 타격 결과가 달라진다고 믿는 눈치였다.

'좋아. 좋아.'

다나드 스팬은 타석에 선 채로 방망이를 단단히 움켜잡았다. 하지만 루이스 페르도르는 타자인 다나드 스팬보다 등 뒤에 있는 2루 주자 조 패닉을 더 신경 썼다.

'이봐, 네 상대는 나라고. 날 봐! 날!'

다나드 스팬이 매서운 눈으로 루이스 페르도모를 쳐다보았다. 그런 다나드 스팬의 눈빛이 느껴진 것일까. 한참 동안 2루 쪽에 가 있던 루이스 페르도르의 시선이 다나드 스팬에게 향했다.

'그래, 날 보라고. 그래야 재미난 승부를 펼칠 수 있지 않겠어?'

다나드 스팬의 입꼬리가 슬며시 올라갔다. 모처럼 풍선이 크게 부풀어 올랐는데 이 좋은 기회를 놓치고 싶지 않았다.

반대로 루이스 페르도르의 눈빛은 날카롭게 변했다. 타석에 서 있는 다나드 스팬의 이죽거림이 루이스 페르도르의 자존심을 건드린 것이다.

'지금 내 공을 치겠단 말이지? 웃기는 소리! 그게 마음대로 될 것 같아?'

루이스 페르도르가 공을 힘껏 움켜쥐었다. 마음 같아선 다나드 스팬의 몸 쪽으로 투심 패스트볼을 꽂아 넣고 싶었다.

하지만 자꾸만 2루 주자가 신경이 쓰였다.

자칫 잘못해서 애매한 안타라도 얻어맞았다간 2루 주자가 홈에 들어갈 것만 같았다.

'절대 홈으로 들여보내지 않겠어.'

루이스 페르도르는 이를 악물었다. 그리고 세트 포지션 자세를 취했다. 다나드 스팬도 곧바로 타격 준비에 들어갔다.

후앗!

루이스 페르도르가 크리스티안 베탄코스의 미트를 향해 힘껏 공을 던졌다.

공은 뱀의 혓바닥처럼 다나드 스팬의 몸 쪽 깊숙이 휘어져 들어왔다.

만반의 준비를 하고 있던 다나드 스팬은 갑자기 공이 자신의 몸 쪽 깊숙이 들어오자 화들짝 놀라며 급히 몸을 뒤로 뺐다.

퍼엉!

묵직한 포구 소리가 경기장에 울려 퍼졌다.

하지만 구심은 스트라이크를 선언하지 않았다. 홈 플레이트 가장자리를 스치긴 했지만 스트라이크 존을 벗어났다고 판단한 것이다.

자연스럽게 다나드 스팬의 날선 시선이 루이스 페르도르에게 날아들었다.

하지만 루이스 페르도르는 별일 아니라는 듯 공을 건네받고는 로진백을 주물렀다. 그때 크리스티안 베탄코스가 조용히 입을 열었다.

"위협구를 던질 생각은 아니었어. 단지 어깨에 힘이 들어갔을 뿐이야."

"하지만 방금 것은 위험했다고!"

"알아, 하지만 고의는 아니야."

"젠장할!"

다나드 스팬은 일단 화를 억눌렀다. 몸에 맞은 게 아니니 민감하게 구는 데도 한계가 있었다.

하지만 그렇다고 해서 루이스 페르도르의 도발을 그냥 넘길 생각은 없었다.

'어디 또 던져 봐, 이 자식아!'

다나드 스팬은 처음보다 홈 플레이트에 바짝 붙어서 섰다. 그러자 크리스티안 베탄코스가 고민에 빠졌다.

'다시 몸 쪽 공을 요구해야 하나? 아니야, 지금 루이스에게 뭔가 문제가 있는 것 같은데…….'

크리스티안 베탄코스는 쉽게 사인을 내지 못했다. 초구로 들어온 루이스 페르도르의 공이 확실히 달랐다. 세트 포지션 상태에서 2루 주자를 의식하며 공을 던져서인지 제구가 흔들렸다.

몸 쪽에 걸치는 스트라이크를 요구했는데 공 세 개 정도가 더 빠져서 들어왔으니 말 다 한 셈이었다.

여기서 또다시 몸 쪽 사인을 냈다간 정말로 빈볼이 나올지 몰랐다.

하지만 그렇다고 해서 홈 플레이트에 바짝 붙어 선 다나드 스팬의 바깥쪽으로 공을 던지라고 요구할 수도 없었다.

바깥쪽 공이 또다시 몰려서 한복판으로 들어온다면 곧바로 장타를 허용할 수 있었다.

'어떻게 한다?'

크리스티안 베탄코스의 고민이 길어지자 다나드 스팬이

곧바로 오른팔을 들어 올렸다.

"타임!"

심판도 다나드 스펜의 요청을 받아들였다. 그러고는 크리스티안 베탄코스에게 한마디 했다.

"이봐, 시간 끌지 마."

"죄송합니다."

다나드 스팬이 장갑을 재정비한 후 다시 타석에 들어섰다. 크리스티안 베탄코스는 곧바로 생각을 정리했다.

'그래, 다시 한번 가자!'

크리스티안 베탄코스의 선택은 몸 쪽 승부였다. 이번 한 구로 루이스 페르도르의 상태를 확인할 생각이었다.

사인을 확인한 루이스 페르도르가 가볍게 고개를 끄덕였다. 그러고는 슬쩍 2루를 돌아본 뒤 투구판을 단단히 밟았다.

그사이 다나드 스팬도 타격 자세에 들어갔다.

일촉즉발의 순간.

후앗!

루이스 페르도르가 크리스티안 베탄코스의 미트를 향해 힘껏 공을 던졌다.

그런데 공이 초구보다 더 깊숙이 타자의 몸 쪽을 파고들었다. 게다가 공도 조금 높았다.

"우앗!"

다나드 스팬이 깜짝 놀라며 그 자리에 털썩 주저앉았다.

심지어 포수 크리스티안 베탄코스도 그 공을 잡지 못했다.

주인을 잃은 공은 뒤쪽 그물망을 그대로 강타했다.

"저 새끼가 진짜!"

다나드 스팬은 이번에는 진짜 참지 않았다. 그는 뒤로 날아간 공을 바라보더니 곧바로 욕을 내뱉었다.

다나드 스팬이 당장에라도 마운드로 뛰쳐나갈 것처럼 굴었다. 그러자 크리스티안 베탄코스가 다급히 다나드 스팬을 말렸다.

"이봐, 진정해. 저 녀석은 너에게 위협구를 던질 생각이 없었다고 말했잖아."

"장난해? 두 눈으로 봐 놓고선 그런 소리가 나와! 한 번도 아니고 두 번이나, 그것도 두 번째는 머리 쪽으로 날아왔어. 이런데 위협할 생각이 없었다고?"

"……."

다나드 스팬은 잔뜩 흥분한 채 소리쳤다. 크리스티안 베탄코스는 아무런 말도 할 수 없었다. 솔직히 두 번째는 자신도 잘 몰랐다. 왜 그렇게 던졌는지 말이다.

다나드 스팬이 무서운 눈빛으로 루이스 페르도르를 째려보았다. 루이스 페르도르 또한 그와 눈이 마주쳤다. 두 사람

사이에서 보이지 않는 스파크가 튀었다.

"뭐? 뭔데 왜 그렇게 봐! 뭐냐고!"

루이스 페르도르가 따지듯 소리쳤다.

그저 제구가 되지 않았을 뿐인데 마치 빈볼에 맞기라도 한 것처럼 구는 다나드 스팬의 태도가 짜증스럽기만 했다.

그러자 다나드 스팬도 참지 못하고 언성을 높였다.

"이 자식이! 지금 방금 위협구 던졌잖아!"

"내가 언제?"

"뭐? 이 개자식이!"

다나드 스팬이 크리스티안 베탄코스의 만류를 뿌리치고 마운드 쪽으로 걸어가려 들었다. 루이스 페르도르도 기다렸다는 듯이 마운드를 내려왔다.

그러자 크리스티안 베탄코스가 다나드 스팬의 정면에 서서 간절한 목소리로 말했다.

"이봐! 스팬, 진정하라고. 지금 게임 중이잖아."

"놔! 이거 놓으라고! 저 새끼가 방금 나에게 뭐라고 했는지 몰라?"

"알아, 들었어. 하지만 저 녀석도 이해해 달라고."

"이해? 무슨 이해? 대체 나한테 뭘 바라는 거야?"

"스팬, 제발."

크리스티안 베탄코스는 어떻게든 이 상황을 진정시키려

노력했다.

루이스 페르도르에게 몸 쪽 공을 요구한 장본인으로서 그냥 못 본 척 굴 수는 없다고 여겼다.

그러나 도미니카 공화국 출신답게 확 하고 열이 받은 루이스 페르도르는 크리스타안 베탄코스의 노력을 물거품으로 만들었다.

"덤벼! 덤비라고! 이 멍청한 새끼야!"

루이스 페르도르가 욕지거리를 내뱉으며 다나드 스팬을 도발했다.

그러자 다나드 스팬도 더는 참지 못하고 루이스 페르도르를 향해 달려들었다.

"하아, 젠장할……."

크리스티안 베탄코스의 입에서 무거운 한숨이 흘러나왔다. 그것을 신호로 양 팀의 더그아웃에 있던 선수들이 우르르 그라운드 밖으로 뛰쳐나왔다.

"젠장할!"

눈치를 보며 이온 음료를 홀짝거리던 강동원도 자리에서 일어났다. 벤치 클리어링에 익숙하지는 않지만 그렇다고 이대로 멀뚱히 벤치를 지키고 앉아 있을 수는 없다고 여겼다.

하지만 비스트 포지는 강동원이 나설 필요가 없다고 말했다.

"가만있어, 강."

"……?"

"네가 나서면 분명 저 녀석들, 너를 노리고 달려들 거야. 그러니까 절대 앞으로 나서지 마. 그냥 뒤에서 참여하는 시늉만 하라고."

"그래도 되는 거야?"

"넌 오늘 경기 선발 투수야. 마운드를 내려갈 생각이라면 뭘 해도 상관없지만 다시 마운드에 오르겠다면 내 말을 들어."

"그래, 알았어."

비스트 포지는 단호한 얼굴로 강동원에게 확답을 받아 냈다.

그러고서는 후다닥 더그아웃을 빠져나가 벤치 클리어링의 선두에 섰다.

강동원은 비스트 포지를 따라 나가려 했다.

하지만 덩치 좋은 타자들이 비스트 포지를 대신해 강동원을 앞뒤로 에워싼 탓에 벤치 클리어링에 제대로 참여조차 할 수 없었다.

다행히도 벤치 클리어링은 격화되지 않았다. 양 팀 포수인 크리스티안 베탄코스와 비스트 포지의 중재가 컸다.

"벌써 끝났네."

강동원이 조금 아쉽다는 표정을 지었다. 그러자 메디슨 범가드너가 슬그머니 강동원 옆으로 다가왔다.

그리고는 강동원의 어깨에 긴 팔을 두르고는 나직한목소리로 속삭였다.

"강, 알지?"

"네?"

"만약에 저 녀석이 스팬을 맞히면 똑같이 복수해줘야 하는 거 말이야."

"아, 그 정도는 알고 있습니다."

"노파심에 하는 말인데 만약 그렇게 하지 않으면 너 팀에서 왕따당할지도 몰라."

메디슨 범가드너는 마치 악당이라도 된 것처럼 말을 했다. 덕분에 강동원은 냉큼 고개를 끄덕이고 말았다.

"좋아, 좋아! 역시 자이언츠의 선수답다."

메디슨 범가드너가 만족한 얼굴로 강동원의 등을 한 차례 때렸다. 그리고 자신의 지정석으로 돌아간 후 날카로운 눈으로 그라운드를 바라보았다.

강동원도 멋쩍게 웃고는 마운드에 서 있는 루이스 페르도르 쪽으로 눈을 돌렸다.

'설마 그렇게까지 할까?'

강동원은 왠지 모를 긴장감에 쉽사리 엉덩이를 붙이고 앉지 못했다. 적어도 지금 이 순간만큼은 자신의 두 눈으로 확인을 해야 했다.

루이스 페르도르가 투구판을 밟자 강동원은 마치 자신이 공을 던지기라도 하는 것처럼 손에서 땀이 배어 나왔다.

그러나 다행히도 메디슨 범가드너가 걱정했던 그런 일은 일어나지 않았다. 대신 다나드 스팬은 사사구를 얻어 1루로 걸어 나갔다.

"젠장!"

루이스 페르도르는 마운드를 거칠게 걷어찼다. 사방으로 흙이 비상했다. 벤치 클리어링은 끝이 났지만 아직까지 흥분을 가시지 않은 모양이었다.

그런 상황에서 자이언츠의 2번 타자 아르헨 파건이 타석에 들어섰다.

마치 짜기라도 한 것처럼 아르헨 파건도 지그시 루이스 페르도르를 응시하고 있었다.

루이스 페르도르는 인상을 찌푸렸다. 게다가 슬쩍 입가를 비틀어 올리는 게 자신을 꼭 무시하는 것처럼 느껴졌다.

'이것들이 전부! 크으으! 내가 만만하다 이거지?'

루이스 페르도르는 다시 투구판 주위를 신경질적으로 다졌다.

그 모습을 지켜보며 아르헨 파건이 대놓고 미소를 그렸다.

'좋았어, 아직 흥분 상태군. 그렇다면 기회는 온다.'

아르헨 파건은 일단 스트라이크가 아닌 공에는 절대 방망이를 움직이지 않을 생각이었다.

기본적으로 앞서 타석에 들어섰던 다나드 스팬과 전략을 일치시킨 것이다.

'스트라이크다! 그것만 노리자.'

타석의 흙을 고른 후 아르헨 파건이 다리의 중심을 잡았다. 그사이 사인을 주고받은 루이스 페르도르가 힘껏 공을 던졌다.

후앗!

초구는 바깥쪽으로 빠지는 투심 패스트볼이었다.

아르헨 파건은 일단 초구는 지켜보았다. 스트라이크 존을 살짝 벗어났다고 판단한 것이다.

예상대로 구심은 오른팔을 들어 올리지 않았다.

아르헨 파건은 타석에서 벗어나 가볍게 고개를 끄덕였다.

'역시 예상대로 제구가 흔들리고 있어. 조금이라도 빠졌다고 생각하면 방망이는 움직이지 말아야지.'

아르헨 파건이 마음을 다잡고 다시 타석에 들어섰다. 그러자 루이스 페르도르가 재빨리 2구째 공을 던졌다.

후앗!

루이스 페르도르의 손끝을 빠져나간 공이 큰 포물선을 그리며 날아들었다.

포심 패스트볼을 기다리고 있던 아르헨 파건의 허를 찌르는 커브였다.

그런데 그 커브가 바깥쪽으로 많이 벗어나 버렸다.

이번에도 아르헨 파건은 방망이를 움직이지 않았다.

그저 담담히 공을 지켜본 후 가볍게 고개를 끄덕이는 것이 전부였다.

마치 스트라이크 존을 빠져나갈 거라고 미리 알고 있었던 사람처럼 말이다.

'저 자식이…….'

하지만 루이스 페르도르는 그런 행동마저도 기분이 나빴다.

'오냐, 이번에는 정중앙에 꽂아주겠어. 어디 한번 쳐 봐, 이 빌어먹을 자식아!'

질근 입술을 깨문 루이스 페르도르에게 크리스티안 베탄코스가 사인을 보냈다. 이번에도 역시 바깥쪽 사인이었다.

'왜 또 바깥쪽이야. 이 멍청아! 볼카운트를 잘 보라고, 지금 투 볼이란 말이야.'

루이스 페르도르가 냉큼 고개를 가로저었다. 그러자 크리스티안 베탄코스가 또다시 바깥쪽으로 사인을 내며 구종을 바꿨다.

하지만 이번에도 루이스 페르도르는 고개를 흔들었다.

'아니야, 그런 공으로는 저 자식을 잡을 수 없단 말이야.'

크리스티안 베탄코스가 미간을 찌푸렸다.

루이스 페르도르의 행동으로 미루어 또다시 몸 쪽 투심 패스트볼을 원하고 있는 모양이었다.

하지만 앞선 타석부터 투심 패스트볼에 대한 제구가 제대로 되지 않고 있었다. 게다가 잔뜩 흥분한 상태에서 공이 원하는 코스에 들어올지도 미지수였다.

하지만 투수가 저렇게 고집을 부리니 크리스티안 베탄코스도 어쩔 도리가 없었다.

'그래, 어디 마음대로 해봐라.'

크리스티안 베탄코스가 작게 한숨을 내쉬고는 루이스 페르도르가 원하는 사인을 냈다.

그제야 루이스 페르도르가 고개를 끄덕인 뒤 투구판을 단단히 밟았다. 그리고 망설임 없이 있는 힘껏 공을 던졌다.

후앗!

루이스 페르도르의 손끝을 빠져나간 공은 정확하게 아르헨 파건의 몸 쪽으로 파고들었다.

'그래! 바로 이 공이야!'

몸 쪽 투심 패스트볼을 기다리고 있었던 아르헨 파건이 대번에 눈을 빛냈다.

아르헨 파건은 몸 쪽을 파고드는 공이 다시 홈 플레이트 쪽으로 휘어질 때를 노려 강하게 방망이를 돌렸다.

따악!

"크윽."

공이 방망이에 맞는 순간 아르헨 파건은 절로 인상을 구겼다. 방망이 끝에서 전해지는 충격이 엄지손가락을 강하게 울린 것이다.

하지만 아르헨 파건은 끝까지 스윙을 마쳤다. 그 결과.

탁! 타악!

타구는 3루 수 쪽으로 강하게 날아갔다.

타격음이 울리기가 무섭게 2루 주자와 1루 주자가 동시에 스타트를 끊었다.

파드리스의 3루수 얀게르비스 솔라테는 재빨리 타구를 받기 위해 몸을 낮췄다.

그런데 바로 옆에서 2루로 빠르게 내달리는 다나드 스팬을 신경 쓰다가 그만 타구를 더듬고 말았다.

"안 돼!"

루이스 파르도르가 다급히 비명을 내질렀다.

"젠장할!"

3루수 얀게르비스 솔라테는 떨어진 공을 다시 잡았다.

그리고 자신의 등 뒤로 돌아가는 2루 주자를 무시한 채

1루 주자 다나드 스팬을 잡기 위해 곧바로 2루에 공을 던졌다.

그사이 1루 주자 다나드 스팬이 2루 베이스를 향해 헤드퍼스트 슬라이딩을 감행했다.

좌라라랏!

타악!

다나드 스팬의 오른손이 2루 베이스에 도달한 그 순간 2루수 라이언 심플이 팔을 쭉 뻗어 공을 잡아냈다. 그리고 재빨리 1루에 던져 타자 주자 아르헨 파건을 잡아냈다.

"그렇지!"

더블플레이를 성공시켰다고 생각한 듯 라이언 심플이 제 글러브를 두드리며 소리쳤다.

그러나 아웃을 선언했을 거라 여겼던 2루심은 양팔을 벌리고 있었다.

"뭐라고요? 세이프라고요?"

"그래, 세이프야."

"말도 안 돼! 공이 먼저였다고요!"

"아니야, 손이 먼저였어."

2루수 라이언 심플은 억울한 얼굴로 에디 그린 감독을 바라보았다.

에디 그린 감독은 잠시 막스 맥과이어 코치와 대화를 주고

받은 뒤 더그아웃을 박차고 나와 비디오 판독을 요청했다.

그러자 심판들이 한자리에 모였다.

메이저리그 비디오 판독 시스템은 뉴욕에 있는 판독 센터에서 정밀히 상황을 살펴본 뒤 최종 결과를 심판들에게 통보해 주는 식이었다.

2루에 안착해 있던 다나드 스팬이 전광판에 보이고 있는 슬로우 비디오를 확인했다.

애매하지만 손이 먼저 들어온 것 같았다. 관중들도 환호성을 지르며 세이프라고 간접적으로 확인시켜 주고 있었다.

하지만 아직 심판의 판정은 나오지 않고 있었다. 애매한 판정일수록 판독 시간이 오래 걸렸다. 그사이 라이언 심플이 다나드 스팬에게 다가갔다.

"괜찮아?"

"뭐가?"

"아까 말이야."

라이언 심플은 조금 전 벤치 클리어링에 대해서 묻고 있었다.

"아, 괜찮지. 안 괜찮을 건 또 뭐야?"

"보기보다 시원시원한데?"

"하하, 벤치 클리어링 한두 번 해보나, 뭐."

"하긴, 그건 그래."

"그보다 시간이 오래 걸리네."

다나드 스팬이 전광판을 보며 중얼거렸다.

"공이 먼저야."

라이언 심플이 한마디 툭 던졌다.

"공이 먼저라고? 말도 안 되는 소리 마! 저길 봐! 손이 먼저라니까."

다나드 스팬이 전광판을 가리키며 목소리를 높였다. 슬로우 비디오상으로는 손이 먼저인 것처럼 느껴졌다.

하지만 애매모호해 정확하게 세이프라고 단언을 내릴 수는 없었다. 어떤 관점에서는 공이 먼저일 수도 있었다.

"공이 먼저 들어왔다니까. 넌 아웃이야! 심판의 눈이 잘못됐다고."

"후후후, 그 말 2루심에게 그대로 전해 주지."

"헉! 치사한 놈!"

"나 원래 치사해."

그렇게 농담을 주고받고 있는 사이 결과가 나왔다. 헤드셋을 벗은 주심이 천천히 양팔을 옆으로 벌리며 세이프라고 판정을 내렸다.

"그래! 세이프라니까."

"젠장, 진짜 다들 시력에 문제가 있는 거 아냐? 이게 어째 세이프야."

라이언 심플은 혼잣말을 하며 인상을 썼다. 그러자 다나드 스팬이 히죽 웃었다.

"후후, 그래도 소용없어. 2루심에게 말할 거야."

"말해, 치사한 자식아!"

라이언 심플이 소리치며 자신의 자리로 돌아갔다. 다나드 스팬은 그런 라이언 심플을 보며 웃기 바빴다.

그러는 사이 경기가 다시 시작되었다. 만약에 2루에서 아웃이 되었다면 더블플레이로 이닝이 종료되었을 것이다.

하지만 3루수 얀게르비스 솔라테가 공을 한 번 더듬으면서 2사 주자 1, 3루 위기가 이어졌다.

"젠장! 공을 더 던져야 하잖아."

비디오 판독이 진행되는 동안 3루수 얀게르비스 솔라테가 미안하다고 말을 했다.

하지만 루이스 파르도르는 듣는 둥 마는 둥 마운드만 골랐다. 가뜩이나 궁지에 몰린 상황에서 얀게르비스 솔라테마저 도와주지 않으니 짜증이 치민 것이다.

반면 자이언츠 벤치는 가슴을 쓸어내렸다. 하마터면 병살타로 경기 흐름이 끊길 뻔했는데 또다시 득점 기회를 이어갈 수 있게 됐다.

그렇다고 안심하기엔 일렀다. 이렇게까지 기회가 만들어졌는데 여기서 점수를 내지 못하면 흐름이 파드리스 쪽으로 넘어갈지도 몰랐다.

피차 양보할 수 없는 상황 속에서 3번 타자 비스트 포지가 타석에 들어섰다.

'멍청한 자식! 그런 공을 놓치다니! 그래놓고도 메이저리그라고 할 수 있어? 에잇! 빌어먹을!'

루이스 페르도르는 그때까지도 더블플레이 실패에서 빠져나오지 못하고 있었다. 대놓고 인상을 쓰는 게 평정심을 잃은 느낌이었다.

그러자 크리스티안 베탄코스가 걱정스러운 표정을 지었다.

'저러면 안 되는데…….'

야구를 하다 보면 야수들의 실책은 언제든 일어날 수 있는 일이었다. 그리고 야수 중에 실수를 하고 싶어 하는 사람은 아무도 없었다.

그걸 가지고 투수가 민감하게 군다면 결국 팀 분위기 자체가 나빠질 수밖에 없었다.

'이대로 계속 끌고 갈 생각인 건가?'

크리스티안 베탄코스가 더그아웃 쪽을 바라봤다.

에디 그린 감독과 막스 맥과이어 벤치 코치가 무언가 심각한 대화를 주고받고 있었지만 그뿐. 이렇다 할 사인은 나오지 않은 상태였다.

"후우……."

길게 한숨을 내쉬며 크리스티안 베탄코스가 다시 그라운드 쪽으로 눈을 돌렸다. 투 아웃 주자 1, 3루 상황이었다.

여차하면 대량 실점으로 이어질지 모르는 분위기라 투수 교체에 대한 의견이 엇갈리는 모양이었다.

'그렇다면…… 내가 막아야 해.'

크리스티안 베탄코스가 애써 숨을 들이켰다.

그사이 타석에 이미 들어선 비스트 포지는 방망이를 몇 번 휘두르고 난 후 타격 자세를 취했다.

"거르겠지?"

경기를 지켜보며 강동원은 당연하다는 듯이 중얼거렸다. 비록 2사 이후이긴 하지만 찬스에 강한 비스트 포지가 타석에 들어섰다.

여기서 정면 승부를 펼치느니 만루를 채우는 한이 있더라도 최대한 어렵게 끌고 가는 게 당연해 보였다.

실제 파드리스 벤치에서도 같은 판단을 내렸다. 그래서 크리스티안 베탄코스에게 거르라는 사인을 보내왔다.

'그래, 그런 거라면…….'

사인을 확인한 크리스티안 베탄코스는 그제야 벤치의 의중을 이해했다. 만루를 채운 다음에 4번 타자 헌터 페이스와 상대할 생각이라면 굳이 투수를 교체할 이유가 없다고 여겼다.

'자, 루이스. 이게 마지막 임무야.'

크리스티안 베탄코스가 루이스 페르도르에게 거르자는 사인을 냈다.

그러나 루이스 페르도르는 곧바로 고개를 가로저었다. 그렇게는 하지 못하겠다는 것이다.

크리스티안 베탄코스가 재차 사인을 냈지만 소용없었다. 루이스 페르도르는 크리스티안 베탄코스의 사인을 무시하듯 아예 고개를 돌려 버렸다.

그러자 크리스티안 베탄코스가 더는 참지 못하고 마운드로 뛰어 올라갔다.

"왜 그래? 내 사인 못 받았어?"

"무슨 사인?"

"벤치에서 거르라는 사인이 나왔잖아."

"헛소리 마."

"정말이라고. 못 믿겠으면 직접 확인하든가!"

크리스티안 베탄코스의 말에 루이스 페르도르가 더그아웃으로 고개를 돌렸다. 그러자 데런 바셀리 투수 코치가 무표정한 얼굴로 거르라는 사인을 보냈다.

"젠장할! 대체 뭘 하자는 거야!"

루이스 페르도르가 신경질적으로 마운드를 걸어찼다. 비

록 연달아 위기에 몰리긴 했지만 아직까지 실점은 하지 않은 상태였다.

그런데 아웃 카운트를 하나 남겨놓은 상황에서 타자를 거르라니.

그것도 4번 타자 앞에 만루라는 밥상을 차리라니.

루이스 페르도르로써는 도저히 이해가 가지 않았다.

"진정해, 루이스. 그리고 냉정하게 생각하라고."

"냉정하게? 대체 뭘 더 냉정해야 하는 거지?"

"흥분해서 될 일이 아니잖아."

"젠장! 나 흥분하지 않았다고!"

"목소리 낮춰! 정말 여기서 강판을 당해야 속이 시원하겠어?"

크리스티안 베탄코스가 다그치듯 말했다. 그렇지 않아도 투수 교체를 준비 중인 벤치에서 루이스 페르도르와 크리스티안 베탄코스의 불화를 본다면 곧장 마운드에 올라올 게 뻔했다.

그제야 루이스 페르도르가 목소리를 낮췄다.

"나 냉정해, 아주 냉정하다고."

"말로만 냉정하다고 하지 말고 제발 흥분 좀 가라앉히라고."

"그러고 있으니까 잔소리 좀 그만해!"

"후우……."

"그리고 미리 말하지만, 나 비스트 포지와 상대하겠어."

"야, 그러다가……."

"알아! 하지만 비스트 포지를 거르면 그다음은 헌터 페이스야. 솔직히 헌터 페이스에게 아웃을 잡아낸다는 보장은 없잖아. 안 그래?"

"그렇긴 하지만……."

"여러 소리 마. 그리고 크리스티안, 너도 냉정하게 생각해 보라고. 비스트 포지만 잡아내면 되는 일이야. 일을 복잡하게 만들 필요가 전혀 없다고."

루이스 페르도르 말에 크리스티안 베탄코스도 고심에 빠졌다. 솔직히 말해 아예 틀린 소리는 아닌 것 같았다.

3번 타자인 비스트 포지를 거른다 한들 다음 타자는 4번 타자 헌터 페이스였다. 그리고 헌터 페이스는 비스트 포지 못지않게 좋은 클러치 능력을 보유하고 있었다.

게다가 벤치의 지시를 따른다고 해서 경기가 잘 풀릴 거란 보장은 어디에도 없었다.

그럴 바에는 차라리 비스트 포지를 잡는 게 나을지도 몰랐다.

"자신 있어?"

"그야 물론이지!"

"정말 잡을 수 있는 거 맞지?"

"그래!"

"알았어. 하지만 정면 승부로는 안 돼. 널 못 믿어서가 아니야. 실점하지 않으려면 까다롭게 승부해야 한다고."

"그래, 알았다."

루이스 페르도르가 마지못해 고개를 끄덕였다.

고의사구로 비스트 포지를 1루에 내보내는 게 아니라면 크리스티안 베탄코스의 요구를 얼마든지 받아들일 생각이었다.

크리스티안 베탄코스도 고개를 끄덕인 후 마운드를 내려갔다.

그러면서 미트로 루이스 페르도르의 가슴을 한 번 툭 때리는 걸 잊지 않았다.

포수석으로 돌아온 크리스티안 베탄코스는 벤치에 승부하겠다는 뜻을 전했다.

어차피 사인을 통해 전부 다 드러날 일이니 먼저 알릴 필요는 없겠지만 그렇다고 해서 일방적으로 벤치의 주문을 무시할 수는 없는 일이었다.

"저게 지금 무슨 소리야?"

"아무래도 승부를 보려는 거 같은데요?"

"누구하고? 비스트 포지하고? 허, 지금 제정신으로 하는 말은 아니지?"

막스 맥과이어 코치가 어처구니없다는 표정을 지었다. 당장 마운드에서 끌어내려도 시원치 않은데 자이언츠 타자 중 가장 잘 맞고 있는 3번 타자 비스트 포지와 승부라니. 그야말로 자살 행위나 다름없어 보였다.

하지만 에디 그린은 루이스 페르도르-크리스티안 베탄코스 베터리의 판단에 마음이 살짝 기울었다.

"어차피 모 아니면 도야. 그렇다면 그냥 한번 맡겨보자고."

에디 그린의 시선이 다시 타석 쪽으로 향했다.

오른쪽 타석에 선 비스트 포지는 앞선 타석에서 6구 만에 사사구를 골라서 1루에 진출을 했다.

그렇다 보니 어지간한 유인구로는 쉽게 방망이를 끌어내기 어려울 것 같았다.

아니나 다를까.

퍼엉!

루이스 페르도르가 내던진 초구가 바깥쪽을 날카롭게 파고들었지만 비스트 포지는 눈 하나 까딱하지 않았다.

그렇다고 운 좋게 거른 건 결코 아니었다. 워낙에 컨디션이 좋다 보니 루이스 페르도르의 공의 움직임이 대번에 파악이 된 것이다.

비스트 포지는 2구째 몸 쪽 낮게 깔려 들어온 투심 패스트볼을 거른 뒤 3구째 높이 들어오는 공을 잡아당겨 파울 홈런을 때려냈다. 그리고 4구째, 도망치듯 바깥쪽으로 멀어지는 유인구를 말없이 지켜봤다.

그 과정에서 볼카운트가 원 스트라이크 쓰리 볼이 되었다. 그러자 공을 건네받은 루이스 페르도르가 신경질을 부렸다.

"젠장할!"

루이스 페르도르는 그저 짜증이 났다. 크리스티안 베탄코스의 요구대로 공을 던지고 있는데 비스트 포지는 꿈쩍도 하지 않고 있었다.

그렇다고 벤치의 요구대로 비스트 포지를 사사구로 거를 생각은 추호도 없었다. 그랬다간 벤치에서 기다렸다는 듯이 투수 교체를 단행할 게 뻔해 보였다.

"후우……."

길게 한숨을 내쉬며 루이스 페르도르는 마운드를 내려갔다. 그리고 손바닥 가득 로진 가루를 두드린 뒤 길게 불어내며 마음을 다잡았다.

그렇게 잠시 시간을 끌던 루이스 페르도르가 다시 마운드에 올라와 사인을 기다렸다.

크리스티안 베탄코스의 사인은 바깥쪽으로 형성되는 백도어성 투심 패스트볼이었다.

던질 수만 있다면 불리한 볼카운트를 단숨에 만회할 수 있었다.

하지만 루이스 페르도르는 고개를 저었다.

제구도 쉽지 않은 데다가 괜히 어렵게 승부를 끌고 가고 싶지 않았다.

'그냥 몸 쪽으로 찔러 넣겠어.'

루이스 페르도르는 다시 마음에 드는 사인이 나올 때까지 버텼다. 크리스티안 베탄코스가 답답한 듯 엉덩이를 들썩거렸지만 루이스 페르도르의 고집을 꺾지 못했다.

'그래, 네 마음대로 해라.'

결국 크리스티안 베탄코스는 루이스 페르도르가 원하는 몸 쪽 투심 패스트볼 사인을 낼 수밖에 없었다.

'걱정 마, 크리스티안. 이 공으로 저 녀석을 잡아낼 테니까.'

루이스 페르도르가 단단히 고개를 끄덕였다. 그러고는 있는 힘껏 투구판을 박차고 앞으로 나갔다.

후앗!

루이스 페르도르의 손끝을 빠져나간 공이 날카롭게 비스트 포지 몸 쪽으로 휘어져 들어갔다.

이를 악물고 던진 덕분일까. 공이 크리스티안 베탄코스가 원하는 곳으로 정확하게 들어왔다.

'좋았어! 풀카운트, 아니면 땅볼이야.'

크리스티안 베탄코스가 슬쩍 엉덩이를 들어 올렸다. 하지만 애석하게도 그의 예상은 완전히 빗나가 버렸다.

'좋았어!'

비스트 포지가 몸 쪽으로 들어오는 투심 패스트볼을 기다렸다는 듯이 방망이를 돌렸기 때문이다.

따악!

방망이의 중심에 걸린 타구가 크게 솟구치더니 외야 쪽으로 쭉쭉 뻗어 날아갔다.

루이스 페르도르도 고개를 돌려 타구를 지켜봤다. 그러고는 이내 절망에 가까운 표정이 되었다.

'아, 안 돼! 넘어가지 마! 잡혀라! 잡혀라!'

루이스 페르도르가 애타는 마음으로 기도했다.

하지만 마지막 순간에 바람까지 타버린 타구는 그대로 담장 너머로 사라져 버렸다.

-홈런! 비스트 포지! 팀에게 리드를 안기는 3점포를 쏘아 올립니다!

-비스트 포지! 루이스 페르도르의 몸 쪽 공을 담장 밖으로 날려 버렸습니다!

중계진의 환호 속에 자이언츠 파크가 뜨겁게 달아올랐다.

"포지이이이!"

강동원도 자리에서 벌떡 일어나 크게 소리쳤다. 다른 선수들도 서로 하이파이브를 주고받으며 비스트 포지의 홈런을 반겼다.

"포지! 포지! 포지!"

비스트 포지는 관중들의 환호성을 들으며 천천히 다이아몬드를 돌았다.

그리고 힘껏 홈 플레이트를 밟고는 앞서 들어온 주자들과 손뼉을 부딪쳤다.

더그아웃으로 들어온 비스트 포지를 향해 브루스 보체 감독을 비롯한 코치들과 선수들이 격한 축하를 쏟아냈다.

"으악! 아퍼! 그만! 이상한 데 건드리지 말라고!"

비스트 포지는 온몸으로 동료들의 환대를 받아냈다. 그사이 전광판의 점수가 3 대 0으로 변했다.

"하아……. 젠장할."

루이스 페르도르는 망연자실한 표정으로 전광판을 바라봤다. 완벽하게 던진 공이었는데 설마하니 비스트 포지가 그 공을 받아칠 줄은 예상하지 못했다.

하지만 이제 와 후회한들 달라지는 건 아무것도 없었다.

-파드리스, 투수 코치가 마운드에 올라옵니다.

-이제 바꿀 때가 됐죠.

중계 카메라가 마운드 위를 비췄다. 어깨를 축 늘어뜨린 루이스 페르도르 주변으로 데런 바셀리 투수 코치를 비롯해 선수들이 모여들었다.

40장
퍼펙트 I

1

"괜찮아, 맞을 수도 있지."

당장 공을 빼앗아 들 거란 예상과는 달리 데런 바셀리 투수 코치는 일단 루이스 페르도르를 다독거렸다.

홈런은 맞았고 점수는 3 대 0으로 벌어져 있었다.

이제 와서 잘잘못을 따져 본들 달라지는 건 아무것도 없었다.

하지만 데런 바셀리 코치의 위로에도 루이스 페르도르의 표정은 어둡기만 했다. 거의 반쯤 정신 나간 얼굴로 기계적으로 고개만 끄덕이고 있었다.

'아무래도 힘들겠어.'

데런 바셀리 코치는 더 이상 루이스 페르도르를 끌고 가는 건 안 될 것 같다고 판단을 내렸다. 그래서 곧장 마운드를 내려와 에디 그린 감독에게 말했다.

"아무래도 투수 교체 시기를 빨리 가져가는 게 좋을 것 같습니다. 이미 전의를 상실한 모양입니다."

"그 정도야?"

"네, 이번 이닝까지 맡기는 게 좋을 것 같다고 생각했는데 더 이상은 위험할 것 같습니다."

"흠, 그렇다면 불펜에 바로 전화 넣어."

"알겠습니다."

데런 바셀리 코치가 곧바로 불펜에 전화를 걸어 다음 투수의 준비 상황을 확인했다. 에디 그린 감독은 괜히 로진백만 주물럭거리는 루이스 페르도르를 보면 긴 한숨을 내쉬었다.

그사이 자이언츠의 3번 타자 헌터 페이스가 타석에 들어섰다.

크리스티안 베탄코스의 시선이 자연스럽게 벤치에게 향했다. 그러자 막스 맥과이어 벤치 코치가 곧바로 포수에게 지시를 내렸다.

'불펜 투수를 올릴 테니까 조금만 더 시간을 끌라고.'

사인을 확인한 크리스티안 베탄코스가 고개를 주억거렸

다. 그리고 초구부터 아주 까다로운 코스를 요구했다.

바깥쪽 낮게 깔려 들어가는 투심 패스트볼.

여차하면 한복판으로 몰려 들어갈 수 있는 공이었다.

루이스 페르도르는 멍한 상태로 고개를 끄덕인 후 포수 미트를 향해 공을 던졌다.

하지만 조금 전에 맞은 3점 홈런으로 얼이 나간 투수가 제대로 제구를 할 수 있을 리 없었다.

퍼엉!

루이스 페르도르가 내던진 공이 크리스티안 베탄코스의 요구보다 낮게 날아들었다. 당연하게도 헌터 페이스의 방망이는 역시 꿈틀거리지 않았다.

구심의 판정 역시 볼.

'젠장. 그렇다면…….'

크리스티안 베탄코스는 초구보다 살짝 높게 공을 요구했다. 그렇게 하면 루이스 페르도르의 공이 스트라이크 존을 통과할 거라 여겼다.

하지만 정작 루이스 페르도르의 손끝을 빠져나간 공은 크리스티안 베탄코스의 미트보다 높게 날아들었다. 헌터 페이스가 움찔하고 어깨를 움직였지만 방망이를 돌리진 않았다.

볼카운트는 투 볼.

'이렇게 된 거 차라리 거르는 게 낫겠어.'

크리스티안 베탄코스는 헌터 페이스와의 승부를 포기했다. 헌터 페이스를 1루로 내보낸다 하더라도 투수가 바뀌면 충분히 이닝을 끝마칠 수 있다고 판단했다.

'자, 이쪽으로 완전히 빼라고.'

크리스티안 베탄코스가 3구째 사인을 냈다.

바깥쪽으로 완전히 빠지는 코스.

일어서지만 않았을 뿐 고의사구나 다름없었다.

'젠장할! 날 뭘로 보는 거야?'

루이스 페르도르가 입술을 질근 깨물었다.

마음 같아선 단호하게 고개를 흔들고 싶었지만 투 볼까지 몰린 상황에서 더 이상은 고집스러운 모습을 보여줄 수가 없었다.

대신 루이스 페르도르는 포구점을 재설정했다.

크리스티안 베탄코스의 요구보다 공 두 개 정도 홈 플레이트 쪽으로.

말 그대로 꽉 찬 바깥쪽 투심 패스트볼을 던져 넣는다면 첫 번째 스트라이크를 잡아낼 수 있을 것 같았다.

"후우……."

길게 숨을 고른 뒤 루이스 페르도르가 힘껏 마운드를 박찼다.

후앗!

루이스 페르도르의 손끝을 떠난 공이 한복판을 지나 바깥쪽으로 흘러 나갔다.

그러다가 마지막 순간에 다시 한가운데로 몰리듯 휘어져 들어왔다.

자이언츠의 4번 타자인 헌터 페이스가 그 공을 놓칠 리가 없었다.

'어딜!'

헌터 페이스의 방망이가 시원하게 돌아갔다.

따악!

묵직한 타격음과 함께 헌터 페이스가 그대로 방망이를 던졌다.

-큽니다! 커요! 계속해서 날아갑니다!

-또 넘어갑니다. 넘어갔습니다.

-백투백 홈런! 헌터 페이스! 자이언츠의 3번 타자가 자신이라는 사실을 모두에게 똑똑히 보여줬습니다!

-살짝 몰리긴 했지만 바깥쪽을 예리하게 파고드는 공이었는데요. 그걸 놓치지 않네요.

헌터 페이스는 다이아몬드를 돌며 미소를 띠웠다. 이미 기가 죽어버린 투수의 공을 때려내 담장을 넘기긴 했지만 홈런의 기쁨은 언제나 짜릿하기만 했다.

반면 루이스 페르도르는 그 자리에 털썩하고 주저앉고 말았다.

상황을 반전시킬 회심의 일구마저 얻어맞고 말았으니 더는 싸울 의지가 남아 있지 않았다.

"후우……."

그라운드를 지켜보던 에디 그린 감독이 두 눈을 감아버렸다. 아직 이닝이 많이 남았지만 무너진 투수를 끌고 가기란 버겁기만 했다.

"바꾸자고."

한참 동안 숨을 고르던 에디 그린 감독이 어렵게 결정을 내렸다. 그러고는 자리에서 일어나 마운드로 걸어 나갔다.

그사이 막스 맥과이어 벤치 코치가 불펜 쪽으로 상황을 전달했다.

멍하니 마운드 위에 서 있던 루이스 페르도르는 에디 그린 감독의 등장에 다시 한번 땅이 꺼져라 한숨을 내쉬었다.

상황이 이렇게 된 데에는 에디 그린 감독의 잘못도 컸다. 자신을 믿지 못하고 자꾸 쓸데없이 간섭을 하니까 잘 들어가던 공도 흔들릴 수밖에 없었다.

하지만 이제 와 그런 걸 따져 본들 달라지는 건 없었다. 에디 그린 감독이 직접 마운드에 올라온 이상 공을 넘겨줘야

했다.

에이스로서 자존심이 상했지만 에드 그린 감독의 뜻을 거스를 만큼 루이스 페르도르의 입지는 튼튼하지 않았다.

"수고했다."

에디 그린이 손을 내밀었다. 루이스 페르도르는 잠시 망설이다가 글러브 안에서 공을 빼내 감독에게 주었다.

루이스 페르도르는 고개를 푹 숙인 채 더그아웃을 들어갔다. 그리고 글러브를 벤치에 던져 자신의 화를 표출했다.

그런 루이스 페르도르의 모습을 선수들은 그저 말없이 지켜보기만 했다.

그사이 파드리스의 불펜 문이 열리고 루이스 페르도르를 대신할 불펜 투수, 라이언 부츠가 뛰어 나왔다.

"아직 몸이 덜 풀렸는데 괜찮겠어?"

"투 아웃이잖아요. 걱정 마세요, 감독님."

에디 그린 감독에게 공을 건네받은 라이언 부츠는 곧바로 연습 투구에 들어갔다.

구심도 경기 초반에 마운드에 오른 라이언 부츠를 위해 최대한 몸을 풀 시간을 허락했다.

라이언 부츠의 등장을 확인한 자이언츠의 5번 타자 브래드 벨트도 대기 타석에 들어섰다.

브래드 벨트는 라이언 부츠의 투구 모습을 찬찬히 보았다.

좌완 투수이긴 하지만 공략하지 못할 만큼 까다로운 느낌은 없었다.

라이언 부츠의 연습 투구가 끝이 나자 브래드 벨트는 기다렸다는 듯이 타석으로 걸음을 옮겼다.

자신만만한 얼굴로 방망이를 들어 올린 브래드 벨트는 바뀐 투수의 '초구를 공략하라'라는 말을 머릿속에 되새겼다.

그리고 라이언 부츠의 초구 바깥쪽 패스트볼을 그대로 밀어 쳐 좌익수 라인을 따라 흐르는 2루타를 때려냈다.

"우오오오!"

2루에 안착한 브래드 벨트는 포효했다. 반면 라이언 부츠는 첫 타자부터 2루타를 허용해 불안하게 출발을 했다.

하지만 라이언 부츠는 흔들리지 않았다. 뒤이어 타석에 들어선 6번 타자 브래드 크로포트를 유격수 땅볼로 돌려세우며 이닝을 끝냈다.

그러나 경기 분위기는 자이언츠 쪽으로 완전히 기울어 있었다.

"괜찮아, 크로포트!"

"다음번에는 담장 밖으로 날려 버리라고!"

자이언츠의 더그아웃은 거의 축제 분위기나 다름이 없었다.

강동원도 한결 가벼운 얼굴로 마운드로 향했다.

반면 파드리스 더그아웃 분위기는 그다지 좋지 않았다. 누구 하나 떠드는 사람도 없었다. 무거운 침묵만이 더그아웃을 감돌고 있었다.

막스 맥과이어 벤치 코치가 주위를 두리번거렸다.

모두 무거운 얼굴로 운동장을 지켜보고 있었다. 이런 분위기에서는 제대로 된 경기를 할 수 없었다.

"자! 다들 정신 차리라고. 아직 초반이고 고작 4 대 0이잖아. 충분히 따라잡을 수 있어. 그러니까 맥 빠지게 앉아 있지 말라고!"

막스 맥과이어는 손뼉을 치며 선수들을 독려했다. 반쯤 경기를 포기한 선수들은 일일이 찾아가 잔소리를 늘어놓았다.

그게 효과가 있었던지 선수들도 하나둘 마음을 다잡기 시작했다.

"맞아, 아직 초반이야. 언제든 점수를 뽑을 수 있어. 힘내자고!"

베테랑 선수 한 명이 소리쳤다. 그러자 다른 선수들도 고개를 끄덕였다.

"그래, 할 수 있어!"

"좋았어, 파드리스!"

"가자! 자이언츠를 박살 내자!"

막스 맥과이어 코치의 자극에 파드리스 선수들의 분위기

가 조금 살아 올랐다.

제 할 일을 마친 막스 맥과이어는 안도의 한숨을 내쉬며 마운드에 있는 강동원을 바라보았다.

'분위기는 끌어올렸는데 문제는 저 녀석이야. 저 녀석을 공략해야 하는데 오늘 녀석의 공이 너무 좋단 말이지.'

막스 맥과이어 코치가 눈매를 일그러뜨렸다. 강동원을 어떻게든 흔들지 못하면 자이언츠 쪽으로 넘어간 경기 분위기를 되돌리기가 어려울 것 같았다.

잠시 후. 4회 초 파드리스의 공격이 진행되었다.

─타선에서 4점을 뽑아주면서 강동원의 어깨를 가볍게 만들어줬는데요.

─그래도 조심해야죠. 보통 기회 뒤에는 위기가 찾아오게 마련이니까요.

─하지만 오늘 강동원의 공은 상당히 좋은 편이라 파드리스 타자들이 쉽게 공략하진 못할 것 같습니다.

─그래도 타순이 한 바퀴 돌았으니까 파드리스 타자들도 맥없이 당하지만은 않을 것 같은데요.

─말씀해주신 것처럼 4회 초 공격은 1번 타자 트레비스 얀키우스키부터 시작됩니다. 이제 조금씩 강동원의 공이 눈에 익어갈 것 같은데요.

―하지만 포수석에 노련한 포수가 앉아 있으니까요. 그렇게 내버려 두진 않을 것 같습니다.

―하하하, 생각해 보니 비스트 포지가 포수석에 앉아 있네요.

―어쨌든 강동원, 3회까지 퍼펙트 피칭을 이어갔는데요. 그 기세를 4회에도 이어갈 수 있을지 지켜보겠습니다.

중계진이 한참 떠드는 사이 1번 타자 트레비스 얀키우스키가 타석에 들어왔다.

트레비스 얀키우스키는 이번 이닝에 어떻게 해서든지 1루에 진출할 생각이었다.

팀이 4 대 0으로 뒤지고 있는 상황에서 선두 타자로 나선 1번 타자가 맥없이 죽는다면 동료들의 추격의 의지도 꺾일 수밖에 없었다.

'이번엔 쉽지 않을 거다.'

입술을 질근 깨물며 트레비스 얀키우스키가 홈 플레이트에 바짝 붙어 섰다. 여차하면 공에 맞아서라도 나가겠다는 의지를 불태운 것이다.

한편으로는 강동원이 바깥쪽 공을 던지길 기대했다.

하지만 비스트 포지는 그런 트레비스 얀키우스키의 속내를 비웃기라도 하듯 몸 쪽에 미트를 붙여 넣었다.

'이 건방진 녀석에게 네 공을 보여주라고.'

사인을 확인한 강동원이 가볍게 고개를 끄덕였다. 그러고는 비스트 포지의 미트를 향해 힘껏 공을 내던졌다.

후앗!

강동원의 손끝을 빠져나간 공이 곧장 트레비스 얀키우스키의 몸 쪽을 파고들었다. 트레비스 얀키우스키가 움찔 놀라며 엉덩이를 빼냈지만.

퍼엉!

공은 그대로 스트라이크 존을 꿰뚫은 뒤 비스트 포지의 미트 속에 파묻혔다.

"스트라이크!"

구심이 단호하게 오른팔을 들어 올렸다. 전광판에는 98mile/h(≒157.7㎞/h)이라는 숫자가 선명하게 찍혔다.

"젠장할."

트레비스 얀키우스키가 얼굴을 일그러뜨렸다.

설마하니 98mile/h의 빠른 공을 이런 식으로 몸 쪽에 붙일 줄은 예상하지 못한 얼굴이었다.

"후우……."

타석 밖에서 생각을 정리한 뒤 트레비스 얀키우스키는 처음보다 한 발 물러나 타석에 들어섰다.

초구를 놓고 봤을 때 몸 쪽에 붙은들 별다른 이익이 없을 것 같았다.

그러자 비스트 포지가 곧바로 바깥쪽 사인을 냈다.

후앗!

강동원의 손끝을 떠난 공이 한복판을 지나 바깥쪽으로 빠져나갔다. 그러자 트레비스 얀키우스키가 엉덩이를 쭉 빼면서 공을 건드렸다.

당초 의도는 스트라이크 존에 걸쳐 들어오는 공을 걷어내는 것이었다.

이 정도 공은 얼마든지 때려낼 수 있다는 걸 보여줘야 강동원을 압박할 수 있다고 판단했다. 그런데.

딱!

정작 방망이 끝에 걸린 공은 3루 파울 라인을 타고 흘렀다. 그리고 3루수 에두아르 누네스의 글러브 속으로 빨려 들어갔다.

"젠장할!"

트레비스 얀키우스키가 이를 악물고 1루로 내달렸다.

하지만 그보다 에두아르 누네스의 송구가 더 빨랐다.

펑!

"아웃!"

1루로 뛰어가던 트레비스 얀키우스키가 고개를 푹 숙이며 더그아웃으로 몸을 돌렸다. 그렇게 첫 번째 아웃 카운트가 만들어졌다.

'역시 강이야.'

비스트 포지는 고개를 끄덕거린 뒤 다시 포수석에 앉았다. 지난 이닝이 길어 강동원의 어깨가 약간 식었을 것이라 예상했는데 지나친 기우에 불과했다.

특히나 초구 포심 패스트볼이 좋았다. 98mile/h의 공을 왼손 타자의 무릎 쪽으로 던지는 건 아무나 할 수 있는 게 아니었다.

비스트 포지가 잠시 벤치와 사인을 주고받는 동안 비어 있는 타석에 2번 타자 얀게르비스 솔라테가 들어왔다.

트레비스 얀키우스키가 허무하게 아웃되면서 그 부담감은 고스란히 얀게르비스 솔라테에게 넘어온 상태였다. 그래서일까.

'포심 패스트볼을 치자.'

얀게르비스 솔라테는 처음부터 노림수를 명확하게 했다.

포심 패스트볼이 들어오면 코스와 상관없이 방망이를 내돌릴 생각이었다.

그래서 얀게르비스 솔라테는 방망이를 짧게 잡았다. 홈 플레이트에서 적당히 거리를 둔 채 방망이를 추켜들고 강동원을 날카롭게 노려보았다.

그 모습이 비스트 포지의 눈에는 포심 패스트볼을 던져 달라고 애원하는 것처럼 느껴졌다.

'포심 패스트볼을 노린다면야······.'

비스트 포지는 곧바로 투구 패턴을 바꾸었다. 몸 쪽으로 초구를 요구했지만 포심 패스트볼이 아니라 커브 사인을 냈다.

내심 포심 패스트볼로 스트라이크를 잡고 들어가려 했던 강동원이 살짝 눈을 치떴다.

하지만 그것도 잠시. 비스트 포지를 믿고는 이내 고개를 주억거렸다.

후앗!

강동원의 손끝을 빠져나간 공이 비스트 포지의 미트를 향해 날아들었다. 그러자 얀게르비스 솔라테가 반사적으로 방망이를 움직였다.

초구에 당연히 포심 패스트볼이 들어 올 거라고 확신한 것이다.

하지만 큰 포물선을 그리며 날아든 공은 얀게르비스 솔라테의 타격 타이밍을 완전히 빼앗아 버렸다.

'커브라니!'

얀게르비스 솔라테가 다급히 방망이를 멈춰 세우려 했다.

하지만 빠르게 허리를 빠져나갔던 방망이의 헤드는 일찌감치 홈 플레이트를 지나쳐 버린 뒤였다.

'괜찮아. 초구에 커브가 들어왔으니 이번에는 확실히 포심 패스트볼일 거야.'

얀게르비스 솔라테는 애써 마음을 다잡았다. 그리고 확신을 가지고 방망이를 들어 올렸다.

하지만 2구 역시 몸 쪽으로 커브가 날아들었다.

"스트라이크!"

높은 쪽 스트라이크 코스를 파고든 공을 지켜보며 구심이 가볍게 오른팔을 들어 올렸다.

순간 얀게르비스 솔라테의 눈동자가 심하게 요동쳤다. 초구에 이어 2구째도 자신의 예상과 정반대의 공이 날아들고 있었다.

'뭐, 뭐지? 왜 포심 패스트볼을 안 던지는 거야? 설마 내가 포심 패스트볼을 노리고 있다는 걸 눈치챈 건가? 젠장할. 그럼 3구는 뭐지?'

얀게르비스 솔라테의 머릿속이 혼란스럽게 변했다.

그 모습을 지켜보며 비스트 포지가 슬쩍 입가를 비틀어 올렸다. 그러고는 거의 한복판으로 미트를 들어 올렸다.

구종에 대한 사인은 없었다.

강동원이 커브를 던지고 싶다면 커브를 던져도 상관없는 상황이었다.

하지만 아까부터 손이 근질근질했던 강동원은 커브보다

포심 패스트볼을 선택했다.

그리고 비스트 포지의 미트를 향해 힘껏 공을 내던졌다.

후앗!

강동원의 손끝을 빠져나간 공이 비스트 포지의 머리를 향해 날아들었다. 그러나 3구에 대한 고민에 빠져 있던 얀게르비스 솔라테는 제때 방망이를 돌리지 못했다.

후웅!

얀게르비스 솔라테의 방망이가 허공을 가르는 것 보다

퍼엉!

공이 비스트 포지의 미트 속에 파묻힌 게 더 빨랐다.

"스트라이크, 아웃!"

구심이 더는 볼 것도 없다며 오른팔을 돌렸다.

그렇게 파드리스의 테이블 세터가 전부 범타로 물러나게 됐다.

"젠장할."

강동원을 매섭게 노려보며 얀게르비스 솔라테가 타석에서 몸을 돌렸다.

투 스트라이크로 몰린 탓도 있지만 99mile/h(≒159.3㎞/h)에 달하는 빠른 공을 잡아내기가 쉽지 않았다.

믿었던 테이블 세터가 힘 한번 써보지 못하자 파드리스 에디 그린 감독의 입에서 또다시 무거운 한숨이 흘러나왔다.

"환장하겠군. 대체 언제쯤 안타가 나오는 거야……."

에디 그린 감독은 답답해서 미칠 노릇이었다.

4회까지 강동원을 상대로 그 누구 하나 제대로 된 타격을 보여주지 못했다.

3회까지 퍼펙트를 당한 것으로도 모자라 타순이 한 바퀴 돈 시점인데도 테이블 세터들이 무기력하게 물러나 버렸다.

그사이 강동원에게 부려 8개의 삼진을 헌납했다. 아직 4회가 끝나지 않은 상황에서 8개면 이닝당 2개 이상이었다. 이정도면 팀 타선을 농락하는 수준이었다.

"후우……. 그런데 저 녀석의 공이 저렇게 좋았나?"

에디 그린 감독이 무겁게 한숨을 내쉬었다. 그러자 막스 맥과이어 벤치 코치가 곧바로 말을 받았다.

"아무래도 오늘따라 컨디션이 좋은 모양입니다. 솔직히 지난번 경기 때는 저 정도까진 아니었는데 말이죠……."

"지난 경기는 지난 경기고 계속해서 강동원에게 끌려가면 정말 답이 없어."

에디 그린 감독이 걱정스러운 목소리로 말했다. 메이저리그는 162경기다. 모든 경기를 이길 수 없는 만큼 질 때 잘 져야만 후유증을 최소로 할 수 있었다.

"그렇지는 않을 것입니다."

막스 맥과이어 코치가 단호한목소리로 말했다. 자신이 가르쳐 온 타자들이 신인 투수 한 명에게 계속 끌려가는 모습은 상상하고 싶지도 않았다.

"후우……. 좋아. 어쨌든 우리 타자들을 믿어봐야지."

"이제 알렉스 디커슨의 차례입니다. 한번 지켜보시죠."

에디 그린 감독이 고개를 돌려 타석에 들어선 알렉스 디커슨에게 향했다. 그 시선이 느껴진 것일까. 알렉스 디커슨이 평소보다 방망이를 단단하게 움켜쥐며 강동원을 노려보았다.

자이언츠 3번 타자인 주장 비스트 포지가 앞선 타석에서 홈런을 때려냈다. 그렇다면 파드리스의 3번 타자인 자신이 이대로 물러설 수는 없는 노릇이었다.

'2아웃, 주자 없는 상황이다. 큰 걸 노리자. 절대 쉽게 물러서지 않겠어.'

알렉스 디커슨이 마음을 다잡았다.

하지만 오늘 강동원의 포심 패스트볼이 너무나 좋았다.

100mile/h(≒160.9㎞/h)에 달하는 강동원의 포심 패스트볼을 노리기에는 아직 타이밍이 맞지 않았다.

'차라리 커브를 노리는 게 낫겠어.'

알렉스 디커슨은 노림수를 바꿨다. 물론 강동원의 전매특허인 커브를 때려내기가 쉽지 않다는 것쯤은 알렉스 디커슨도 잘 알고 있었다.

하지만 포심 패스트볼이 어렵다면 그나마 구사 빈도가 높은 커브를 노릴 수밖에 없었다.

알렉스 디커슨이 커브에 대응해 타석 뒤쪽으로 자세를 잡았다. 그 모습을 비스트 포지가 놓치지 않고 지켜보았다.

'커브를 노리나?'

스탠스는 크게 달라진 게 없었다. 전체적인 타격 자세도 마찬가지였다.

하지만 평소보다 10센티미터 정도 뒤쪽으로 물러선 게 아무래도 커브를 노리는 것 같다는 생각이 들었다.

'어디 한번 확인해 볼까?'

비스트 포지는 일단 초구에 포심 패스트볼 사인을 냈다.

코스는 바깥쪽.

알렉스 디커슨이 커브를 노린다고 가정했을 때 절대 건드리지 않을 만한 공이었다.

비스트 포지가 스트라이크 존과 볼의 경계 선상 위로 미트를 들어 올렸다.

그러자 강동원이 가볍게 고개를 끄덕인 후 힘차게 공을 던졌다.

후앗!

강동원의 손끝을 빠져나간 공이 한복판을 지나 홈 플레이트 바깥쪽으로 파고들었다.

알렉스 디커슨이 반사적으로 어깨를 움찔거렸지만 끝내 방망이를 내밀진 않았다.

퍼엉!

그 누구의 방해도 받지 않고 홈 플레이트를 스쳐 지난 공이 비스트 포지의 미트 속에 파묻혔다.

"스트라이크!"

구심이 가볍게 오른팔을 들어 올렸다.

전광판에 97mile/h(≒156.1㎞/h)이라는 숫자가 새겨졌다.

"쳇, 97mile이라니."

알렉스 디커슨이 쓴웃음을 지었다. 97mile/h 정도면 노리기만 했어도 충분히 때려낼 만한 공이었다.

'괜찮아. 신경 쓰지 말자. 초구가 포심 패스트볼이니까 2구는 분명 커브가 들어올 거야.'

왠지 몸 쪽을 파고들 것 같은 커브를 머릿속으로 그리며 알렉스 디커슨이 방망이를 들어 올렸다.

그러나 강동원의 손끝을 빠져나간 공은 이번에도 낮고 빠르게 홈 플레이트 바깥쪽을 파고들었다.

퍼엉!

"스트라이크!"

2구 역시 97mile/h이 찍혔다.

"젠장!"

알렉스 디커슨은 입술을 질근 깨물었다. 100mile/h의 빠른 공도 아니고 97mile/h의 공을 지켜보기만 하다가 투 스트라이크로 몰리고 말았다.

이 상황에서 마냥 커브를 기다릴 수도 없었다.

'우선 패스트볼은 걷어내는 방향으로 하자. 아니야, 그냥 패스트볼을 노려봐?'

볼카운트가 몰리자 알렉스 디커슨의 머릿속이 복잡해졌다. 그러는 사이 강동원의 3구가 날아왔다. 그런데 그 공이 큰 포물선을 그렸다. 게다가 거의 한복판으로 날아들었다.

"감히!"

화가 난 알렉스 디커슨이 힘껏 방망이를 돌렸다. 하지만 공은 알렉스 디커슨이 생각했던 것보다 훨씬 앞쪽에서 꿈틀거렸다. 그러고는 홈 플레이트 앞쪽에서 바운드가 되었다.

"크아악!"

알렉스 디커슨이 어떻게든 공을 맞혀보려고 애를 썼지만 소용없었다.

매정한 방망이는 공을 건드리지도 못하고 그대로 허공을 가르고 말았다.

스트라이크 아웃 낫아웃 상황이었지만 알렉스 디커슨은 1루로 뛰지 않았다.

그냥 고개를 돌려 공이 떨어진 방향만 쳐다보고 있었다.

비스트 포지가 재빨리 공을 주워 알렉스 디커슨의 허벅지를 태그했다.

"스트라이크 아웃!"

구심이 기다렸다는 듯이 오른팔을 돌렸다.

알렉스 디커슨을 끝으로 강동원은 4회도 삼자범퇴로 마무리 짓고 마운드에서 내려왔다.

4회까지 잡아낸 탈삼진만 9개.

관중들의 입에서 닥터 강이라는 함성이 터져 나왔다.

─강! 강! 가아앙! 정말 대단합니다. 4회까지 단 하나의 안타도 내주지 않고 있습니다.

─그것으로도 모자라 압도적인 투구를 이어가고 있습니다. 4이닝 동안 무려 9개의 삼진을 잡았는데요. 이닝당 2.25개입니다. 정말 경이롭지 않습니까?

─오오, 정말 그렇군요. 팬들이 괜히 닥터 강이라고 불리는 것이 아니었습니다.

중계진은 4회에도 식을 줄 모르는 강동원의 호투에 감탄을 감추지 못했다.

놀란 건 자이언츠 선수들도 마찬가지였다.

설마하니 강동원이 이 정도로 좋은 투구를 펼칠 줄은 예상하지 못한 듯 다들 웃으며 강동원과 손뼉을 부딪쳤다.

강동원은 자신의 자리로 돌아와 앉았다. 이온 음료로 간단하게 목을 축인 후 수건으로 흐르는 땀을 닦았다. 그리고 고개를 들어 마운드를 바라봤다.

자신이 내려온 마운드 위로 또다시 라이언 부츠가 올라와 있었다.

4회 말 자이언츠의 공격은 7번 타자 에두아르 누네스부터 시작됐다.

라이언 부츠는 구석구석을 파고드는 공으로 에두아르 누네스를 상대했다.

에두아르 누네스는 침착하게 초구와 2구를 지켜본 후 3구째 몸 쪽으로 휘어져 들어오는 슬라이더에 방망이를 가져다 댔다.

그러나 방망이 안쪽에 맞은 공은 유격수 정면으로 굴러가고 말았다.

1사에 주자 없는 가운데 8번 타자 조 패인이 타석에 들어섰다. 그러자 강동원도 자리에서 일어나 헬멧과 방망이를 들어 대기 타석으로 나갔다.

라이언 부츠는 조 패인을 상대로 철저하게 바깥쪽 승부를 펼쳤다. 까다로운 코스에 포심 패스트볼을 찔러 넣어 카운터를 벌면서 변화구로 유인하는 작전을 썼다.

그러나 조 패인도 쉽게 속아 넘어가지 않았다. 라이언 부츠의 유인구를 침착하게 골라내며 풀카운트까지 승부를 끌고 갔다.

투 스트라이크 쓰리 볼 상황에서 라이언 부츠는 몸 쪽 깊숙이 공을 찔러 넣었다.

조 패인도 기다렸다는 듯이 방망이를 돌렸지만, 타이밍이 늦었던지 중견수 트레비스 얀키우스키가 거의 제자리에서 타구를 처리했다.

"크윽!"

조 패인이 아쉬움을 삼키며 더그아웃 쪽으로 몸을 돌렸다. 그리고 비어 있는 타석을 향해 강동원이 걸음을 옮기려 했다.

그때 브루스 보체 감독이 재빨리 강동원을 불렀다.

"강!"

"네?"

"잠깐만, 이쪽으로."

강동원이 눈을 끔뻑거리며 브루스 보체 감독에게 다가갔다. 그러자 브루스 보체 감독이 강동원의 어깨에 손을 올리고는 나지막한목소리로 말했다.

"그냥 서 있어도 되니까. 절대 무리하지 마. 알았지?"

"……?"

"그냥 하는 말 아냐. 네가 치려 들면 저쪽에서 보복구가 나올지도 모른다고."

"알겠습니다."

강동원은 떨떠름한 얼굴로 고개를 주억거렸다. 메디슨 범가드너는 타석에 들어서면 투수라도 당연히 최선을 다해야 한다고 말했다.

그런데 가만히 서서 아웃을 당하라니 솔직히 이해가 되질 않았다.

하지만 브루스 보체 감독은 강동원이 계속해서 투구 밸런스를 유지하길 바랐다.

퍼펙트를 논하기는 이른 시점이긴 하지만 4회까지 강동원은 완벽에 가까운 피칭을 선보였다.

파드리스 타자들이 좀처럼 타이밍을 잡지 못하는 상황이라 잘만 하면 오늘 메이저리그 데뷔 이후 최고의 피칭을 기록하게 될지도 몰랐다.

유일한 변수라면 바로 타격이었다. 타석에서 무리하게 타격에 임한다면 투구 밸런스가 무너질 수도 있었다.

게다가 이번 이닝이 끝나면 강동원은 곧바로 마운드에 올라야 했다. 파드리스에게 끌려가고 있다면 또 모르겠지만 3대 0으로 리드하는 상황에서 굳이 투수인 강동원의 타격에 기대를 걸 필요는 전혀 없었다.

다시 타석으로 돌아온 강동원은 일단 방망이를 단단히 들어 올렸다.

'가운데로 오는 공만 치자!'

브루스 보체 감독의 말처럼 강동원은 삼진까지 각오를 하였다.

하지만 그렇다고 해서 멍하니 서서 공을 지켜볼 생각은 없었다. 칠 수 있는 공이 들어온다면 최선을 다해 때려낼 생각이었다.

그런데 마치 장난처럼 라이언 부츠가 내던진 공이 한가운데로 날아왔다.

구종은 커브.

타이밍을 맞추기가 쉽진 않았지만 계속해서 눈에 들어오니 방망이를 붙잡고 있을 수가 없었다.

'에라, 모르겠다!'

강동원이 이를 악물고 방망이를 돌렸다. 순간 브루스 보체 감독의 눈이 부릅떠졌다.

사전에 준비도 없이 변화구에 무리해서 방망이를 돌렸다간 몸의 밸런스가 무너질 수밖에 없었다.

타자와 투수는 사용하는 근육 자체가 달랐다.

베테랑 타자들도 변화구에 함부로 방망이를 돌리지 않는데 강동원이 미끼를 덥석 물어버렸으니 감독으로서 가슴이

철렁 내려앉는 것도 무리는 아니었다.

하지만 정작 강동원은 마지막 팔로우 스윙까지 제대로 해 내며 공을 때렸다.

따악!

방망이 윗부분에 걸린 타구가 높게 치솟았다.

"제길!"

강동원은 재빨리 1루로 뛰어갔다. 그사이 2루수 라이언 심 플이 두 팔을 벌리며 콜을 외쳤다.

"내가 잡을게!"

라이언 심플이 제자리에서 두 발자국 물러나 글러브를 들 어 공을 잡아냈다.

혹시나 싶어 1루로 전력 질주했던 강동원은 1루 베이스를 밟고는 아쉬운 얼굴로 더그아웃으로 돌아왔다.

때마침 준비를 마친 비스트 포지가 강동원에게 다가왔다.

"강, 괜찮아?"

"네, 괜찮아요."

비스트 포지는 그 말을 듣고 안도의 한숨을 내쉰 후 진지 한 표정이 되었다.

"앞으로 그런 느려 터진 커브는 절대 치지 마! 타자들도 치기 어려운 공이야. 그러다가 부상 입으면 어쩌려고 그래?"

"주의할게요."

"그래, 넌 타자이기 이전에 투수라고. 그러니까 타석에서 너무 욕심 부리지 마."

"네."

비스트 포지의 잔소리를 들으며 강동원은 모자와 글러브를 챙기고 마운드로 올라갔다.

강동원이 등장하자 홈팬들이 뜨겁게 환호했다.

"강! 이번에도 부탁해!"

"닥터 강! 전부 삼진을 잡아버리라고!"

강동원은 관중들의 응원을 받으며 당당히 마운드에 올랐다. 그리고 연습 투구에 들어갔다.

앞서 마지막 타석에 선 탓에 구심은 강동원이 몸을 풀 수 있도록 충분한 시간을 허락해 주었다.

덕분에 강동원은 한결 느긋하게 공을 던질 수 있었다.

그렇게 4개 정도 강동원의 연습구를 받아 낸 비스트 포지는 안도하듯 고개를 끄덕였다.

다행히 우려했던 부상의 조짐은 없었다.

오히려 공의 위력이 좀 더 올라간 것 같았다. 마치 앞선 타석에 대한 아쉬움을 투구로 풀기라도 하려는 듯 말이다.

'걱정 없습니다.'

포수 마스크를 고쳐 쓰며 비스트 포지가 자이언츠 벤치 쪽에 엄지손가락을 들어 보였다. 그러자 브루스 보체 감독이 고개를 주억거렸다.

"별일 없다니 다행입니다."

데이브 라이트 투수 코치가 안도하듯 말했다. 하지만 브루스 보체 감독은 완전히 마음을 놓은 게 아니었다.

"그래도 혹시 모르니까 잘 살펴보라고."

"네. 알겠습니다, 감독님."

브루스 보체 감독의 지시대로 데이브 라이트 코치는 눈을 부릅뜨고 강동원의 투구를 살폈다.

혹시라도 투구 동작에서 이상한 점이 발견되면 즉시 마운드로 올라갈 생각이었다.

하지만 정작 강동원은 아무렇지도 않았다.

선두 타자로 나선 4번 타자 윌 마이스를 상대로 강동원은 초구와 2구째 100mile/h($\fallingdotseq$160.9㎞/h)의 포심 패스트볼을 찔러 넣어 투 스트라이크를 잡아냈다.

초구는 바깥쪽을 아슬아슬하게 파고들었고 2구는 몸 쪽에 꽉 차게 들어왔다.

윌 마이스가 두 번 모두 볼이 아니냐며 따졌지만 구심은 일말의 망설임 없이 스트라이크를 선언해 버렸다.

그렇게 투 스트라이크로 몰린 윌 마이스를 향해 강동원이 3구째 바깥쪽으로 도망치는 체인지업을 던졌다.

볼카운트가 몰린 윌 마이스는 어쩔 수 없이 방망이를 돌렸다. 그리고 타구는 중견수 다나드 스팬의 글러브 속으로 빨려 들어갔다.

뒤이어 타석에 들어선 5번 타자 라이언 심플은 공격적으로 방망이를 돌렸다.

초구에 들어온 커브에 시원시원한 헛스윙을 한 뒤 2구째 몸 쪽을 파고드는 포심 패스트볼을 힘껏 잡아당겼다.

하지만 손잡이 안쪽에 걸린 타구는 데굴데굴 굴러 3루 땅볼이 되었다.

라이언 심플은 타구가 파울이 되길 바랐지만 3루수 에두아르 누네스는 라이언 심플의 약을 올리듯 3루 파울 라인을 벗어나기 직전에서야 공을 집어 들고 1루로 내던졌다.

2사 주자 없는 가운데 6번 타자 자바라 블랙이 타석에 들어왔다.

오늘 강동원의 공에 좀처럼 타이밍을 맞추지 못하던 자바라 블랙은 양 코너를 파고드는 포심 패스트볼을 뜬 눈으로 지켜보기만 했다.

3구째 바깥쪽으로 흘러 나가는 슬라이더를 잘 걸러내긴 했지만 4구째 몸 쪽으로 날아든 변형 커브에 헛스윙을 하며 삼진으로 물러났다.

-건! 자바라 블랙을 삼진으로 잡아내며 5회 초 파드리스

의 공격도 삼자범퇴로 돌려세웁니다!

　-벌써 10개째인데요.

　-정말 대단합니다. 5회까지 이닝 당 2개 꼴로 삼진을 잡아내고 있습니다.

　중계진의 환호 속에 강동원은 당당히 마운드를 내려갔다. 그 모습이 자이언츠 홈팬들의 가슴을 요동치게 했다.

　반면 파드리스의 감독 에디 그린은 점점 얼굴이 일그러졌다.

　"어떻게 된 거야? 벌써 5회인데 아직 안타 하나 치지 못하고 있잖아!"

　믿었던 중심 타선마저 침묵하자 에디 그린 감독도 더는 참지 못했다. 매섭게 고개를 돌려 옆에 서 있는 막스 맥과이어 벤치 코치를 노려보았다.

　"그게……."

　갑작스러운 추궁에 막스 맥과이어 코치가 잠시 할 말을 잃었다.

　시즌 초 강동원에게 완벽하게 당한 탓에 막스 맥과이어 코치는 복수의 기회만 노렸다.

　다른 구단의 에이스 투수를 연구하듯 강동원에 대해 철저하게 파헤쳤다.

그 결과 지난 맞대결에서는 강동원을 무너뜨릴 수 있었다.

막스 맥과이어 코치는 이번에도 지난 경기 때와 같은 작전을 준비했다.

고작 2주 만에 강동원이 이렇게까지 달라지리라고는 조금도 생각하지 않았다.

하지만 오늘의 강동원은 지난번과는 확연히 달랐다. 구속은 물론이고 구위와 무브먼트까지, 자신이 만만하게 여겼던 루키가 맞나 싶을 정도였다.

그렇다고 해서 그 속마음을 에디 그린 감독에게 고스란히 털어놓을 수는 없는 노릇이었다.

"이제 두 번째 타순입니다. 세 번째 타순이 되면 분명 달라질 겁니다."

막스 맥과이어 코치가 뻔한 말을 늘어놓았다. 그 말을 들은 에디 그린 감독은 입술을 잘근 깨물었다.

"제길!"

그렇게 순식간에 5회 초가 끝났다. 그리고 5회 말 자이언츠의 공격이 시작됐다.

파드리스는 투수가 교체되었다. 잘 던지던 라이언 부츠를 대신해 우완 투수인 닉 반센트가 마운드에 올라왔다.

퍼엉!

여유롭게 10개의 연습구를 던진 뒤 닉 반센크가 마운드 뒤

쪽으로 내려갔다.

그러자 대기 타석에 있던 1번 타자 다나드 스팬이 방망이를 빙글 돌리며 타석에 들어섰다.

닉 반센트는 로진백을 손에 듬뿍 묻힌 후 마운드로 돌아왔다. 그리고 크리스티안 베탄코스의 사인을 기다렸다.

크리스티안 베탄코스의 주문은 바깥쪽으로 빠져나가는 볼.

스트라이크가 아니라 볼을 던져 다나드 스팬의 노림수를 파악해 보자는 이야기였다.

사인을 확인한 닉 반센트가 고개를 끄덕였다. 글러브를 가슴까지 끌어 올린 후 잠시 숨을 골랐다. 그리고 힘차게 왼 다리를 앞으로 내 차며 공을 내던졌다.

후앗!

닉 반센트의 손을 빠져나간 공이 바깥쪽으로 파고들었다. 다나드 스팬은 그 공을 기다리기라도 한 듯 힘껏 방망이를 돌렸다.

따악!

홈 플레이트 앞쪽에서 크게 튀어 오른 타구가 투수의 키를 넘기며 중전안타가 되었다.

닉 반센트가 다급히 팔을 뻗어봤지만 다나드 스팬은 '바뀐 투수의 초구를 노려라'라는 격언대로 초구를 때려 깔끔한 안타를 만들었다.

무사 1루의 찬스가 다시 자이언츠에 찾아왔다. 그러나 닉 반센트는 누런 가래침을 툭 하고 뱉어낸 뒤 별거 아니라는 듯 무표정한 얼굴로 2번 타자 아르헨 파건을 맞았다.

"땅볼을 유도하면 그만이야."

사인을 확인한 닉 반센트는 힐끔 곁눈질로 1루 주자를 견제한 후 곧바로 세트 포지션에서 공을 던졌다.

후앗!

닉 반센트의 손끝을 빠져나간 공이 바깥쪽을 예리하게 파고들었다.

펑!

"스트라이크!"

묵직한 포구 소리에 이어 구심이 오른손을 들어 올렸다.

닉 반센트는 2구를 던지기 위해 다시 허리를 굽혔다. 그러자 1루 주자 다나드 스팬이 천천히 리드 폭을 넓혔다.

"어딜!"

곁눈질로 다나드 스팬의 움직임을 확인한 닉 반센트가 재빨리 1루로 견제구를 던졌다.

"젠장!"

다나드 스팬은 깜짝 놀라며 슬라이딩을 하였다.

촤라라락!

파드리스의 1루수 윌 마이스가 재빨리 공을 받고는 태그를 했지만 다나드 스팬의 손이 조금 더 빨라 보였다.

"세이프!"

1루심도 양팔을 벌리며 외쳤다.

"쳇."

닉 반센트는 살짝 아쉬운 얼굴로 고개를 끄덕였다.

다나드 스팬은 천천히 자리에서 일어나 몸에 묻은 흙을 털어냈다. 그러고는 다시 리드 폭을 가져갔다.

한 발, 두 발, 세 발······.

시선을 닉 반센트에게 고정한 채 다나드 스팬이 당장에라도 뛰어나갈 것처럼 굴었다.

올 시즌 다나드 스팬은 브루스 보체 감독으로부터 그린 라이트를 부여받았다.

1루에 진출한 이상 감독의 허락 없이 자신의 판단에 따라 언제든지 도루를 할 수 있었다.

그래서 닉 반센트의 세트 포지션에서의 투구 동작을 하나도 빠지지 않고 체크를 하였다.

어느 정도 타이밍이 나온다면 곧바로 도루를 시도할 생각이었다.

하지만 닉 반센트가 눈치를 챘는지 곧바로 견제구가 날아왔다.

"후우⋯⋯."

두 번 연속으로 흙먼지를 들이마신 다나드 스팬은 좀 더 신중하게 상황을 확인해 보기로 했다.

도루도 좋지만 괜히 선두 타자가 출루해서 주루사를 당하면 팀 분위기에 찬물을 끼얹게 될 수 있었다.

닉 반센트도 다시 자세를 잡고 힐끔 1루 주자를 확인했다.

다나드 스팬의 리드가 신경쓰이긴 했지만 처음에 비해서는 많이 좁아졌다는 느낌이 들었다.

'좋아. 그렇다면.'

닉 반센트는 곧바로 타자를 향해 힘껏 공을 던졌다.

초구는 몸 쪽 꽉 차는 포심 패스트볼.

94mile/h(≒151.3㎞/h)의 빠른 공이 날카롭게 들어오는 걸 아르헨 파건이 놓치고 말았다.

초구 스트라이크를 잡은 닉 반센트는 2구째 다시 몸 쪽으로 포심 패스트볼을 찔러 넣었다.

아르헨 파건은 이번에도 움찔 놀라며 엉덩이를 잡아 뺐다. 하지만 구심은 오른팔을 들어 올리지 않았다. 초구보다 깊었다고 판단한 것이다.

원 스트라이크 원 볼인 상황에서 닉 반센트가 3구째 바깥쪽으로 흘러가는 체인지업을 던졌다.

아르헨 파건도 3구째 공을 노린 듯 힘차게 방망이를 돌렸

다. 하지만

따악!

방망이 끝부분에 걸린 타구는 유격수 정면으로 굴러가고 말았다.

유격수 루이스 사다스가 앞으로 달려나와 가볍게 공을 잡아든 뒤 2루에 토스했다.

2루수 라이언 심플은 공을 받기가 무섭게 다나스 스팬의 슬라이딩을 피해 1루로 공을 내던졌다.

펑!

라이언 심플의 송구가 아르헨 파건보다 먼저 도착하며 6-4-3으로 이어지는 깔끔한 더블플레이가 완성됐다.

"좋았어!"

닉 반센트는 포효하며 글러브로 박수를 쳤다. 반면 아르헨 파건은 1루 베이스를 지나며 고개를 흔들어 댔다.

"젠장!"

아르헨 파건은 무척이나 아쉬워하며 더그아웃으로 돌아갔다. 그사이 3번 타자인 비스트 포지가 타석에 들어섰다.

앞선 타석에서 때려낸 홈런 때문일까.

닉 반센트는 비스트 포지를 많이 의식했다. 2사에 주자가 없었지만 어렵게 공을 던지다가 결국 풀카운트까지 끌고 가게 되었다.

투 스트라이크 쓰리 볼.

공 하나에 희비가 엇갈리는 가운데 닉 반센트가 6구째 공을 몸 쪽으로 붙여 넣었다.

코스는 스트라이크 존에서 공 하나 정도 빠진 볼이었다. 비스트 포지가 잡아당겨 준다면 3유간의 땅볼을 유도할 수 있는 공이었다.

그러나 강동원만큼이나 컨디션이 좋은 비스트 포지는 몸 쪽 공을 제대로 받아 때렸다.

따악!

총알처럼 날아간 타구가 3루수 얀게리비스 솔라테의 키를 살짝 넘기는 좌전안타가 되었다.

1루 베이스를 밟은 비스트 포지는 더그아웃을 향해 가볍게 주먹을 들어 보였다. 자연스럽게 관중석에서 함성이 쏟아졌다.

2사 1루 상황에서 등장한 4번 타자 헌터 페이스는 방망이를 까닥거리며 타석에 섰다.

닉 반센트는 일단 1루 주자 비스트 포지를 바라보았다. 비스트 포지는 도루할 마음이 없는 듯 베이스에 거의 붙어 서 있었다.

그것을 확인한 닉 반센트도 비스트 포지를 머릿속에서 지운 채 곧바로 타자와 승부했다.

후앗!

닉 반센트의 손끝에서 벗어난 공이 포물선을 그리며 포수 미트로 향했다. 초구에 커브가 날아오자 헌터 페이스가 욕심을 부렸다. 노리는 공은 아니었지만 있는 힘껏 방망이를 내돌린 것이다.

하지만 무리하게 잡아당긴 타구는 좌익수 방면으로 높이 솟구쳤다.

계속해서 뻗어 나갔다면 또다시 담장을 넘겼겠지만, 타구는 좌익수 알렉스 디커슨이 왼쪽으로 몇 발자국 움직인 위치에서 잡혀 버렸다.

그렇게 자이언츠의 5회 말 공격은 득점 없이 끝이 났다. 그것도 빠른 시간에 아웃이 되며 강동원이 제대로 쉴 시간조차 없었다.

타석에 네 타자가 들어섰지만 대부분 빠른 볼카운트에 승부를 보았다. 게다가 병살도 있어 마치 삼자범퇴 같은 느낌을 받았다.

그러나 강동원은 개의치 않았다.

"푸읍!"

입에 머금었던 이온 음료를 뱉어내며 강동원이 자리에서 일어났다. 그리고 모자와 글러브를 챙겨 당당히 마운드로 향했다.

강동원이 나오자 관중들은 뜨거운 박수를 보내주었다. 몇 몇 팬은 앞선 공격에 대한 아쉬움을 강동원에 대한 함성으로 풀어냈다.

"역시, 자이언츠는 열정적이라니까."

홈 관중들의 열렬한 환호 속에 강동원이 천천히 마운드에 올랐다.

나라가 다르긴 했지만 열정적인 팬이 많은 건 한국 자이언 츠나 일본 자이언츠, 미국 자이언츠가 똑같은 것 같았다.

펑! 퍼엉!

가볍게 연습 투구를 마친 강동원이 마운드를 내려가 로진 백을 들었다.

그사이 공을 받은 비스트 포지는 3루수에 공을 던지며 강동원을 바라보았다.

'아직까지 공의 위력이 살아 있어. 전혀 위력이 누그러들지 않았어.'

비스트 포지가 씩 웃었다. 경기 초반부터 100mile/h(≒160.9 ㎞/h)이라는 낯선 숫자가 찍히면서 강동원의 체력 저하를 내심 걱정했는데 쓸데없는 기우였던 모양이었다.

비스트 포지의 시선이 전광판으로 향했다. 그곳에는 찍힌 0이라는 숫자가 점점 부담스럽게 이어지고 있었다.

아직 파드리스의 공격은 네 번이나 남아 있었다.

하지만 지금까지의 분위기만 놓고 보자면 오늘 대단한 기록이 나온다 하더라도 전혀 이상할 것 같지 않았다.

'내가 잘해야 해. 강에게 좋은 결과를 주기 위해서는.'

비스트 포지가 포수 마스크를 단단히 고쳐 썼다. 솔직히 포수로서 퍼펙트게임을 달성한다는 건 어마어마한 영광이었다.

그렇다 보니 부담감이 치밀었다. 만에 하나 자신이 리드를 잘못해 안타라도 맞으면 큰일이었다.

하지만 비스트 포지는 그 부담감을 경기까지 끌고 오지 않았다.

설사 퍼펙트게임이 깨지더라도 마지막까지 최선을 다할 생각이었다.

'괜찮아, 할 수 있어. 게다가 강은 아직 자신이 퍼펙트게임 중이라는 걸 모르는 눈치니까. 7회까지만 잘 막아내면 승산이 있어.'

비스트 포지가 고개를 끄덕이며 자리에 앉았다.

강동원은 1루수 브래드 벨트에게 공을 건네받은 후 마운드에 올랐다.

투구판에 발을 내디딘 후 강동원이 비스트 포지를 바라보았다.

타석에는 7번 타자 루이스 사다스가 이미 들어와 있었다.

타격 능력이 대단할 게 없는 하위 타선이었지만 비스트 포지는 그 어느 때보다 신중하게 사인을 보냈다.

그렇다고 특별히 투구 패턴을 바꾸진 않았다. 파드리스 타자들을 압도하고 있는데 굳이 볼배합을 바꿔 강동원의 투구 리듬을 깨뜨리고 싶지 않았다.

'자, 강! 던져 봐. 여기야!'

비스트 포지가 몸 쪽으로 미트를 가져갔다. 강동원이 고개를 끄덕인 뒤 힘차게 투구판을 박차고 나갔다.

후앗!

강동원의 손을 빠져나간 공이 총알처럼 날아가 비스트 포지의 미트에 틀어박혔다.

퍼엉!

묵직한 포구 소리가 경기장에 울려 퍼졌다.

전광판에는 98mile/h(≒157.7㎞/h)이라는 숫자가 선명하게 찍혔다.

"후우……."

루이스 사다스는 고개를 흔들며 타석을 벗어났다. 거의 무식하게 포심 패스트볼을 던지고 있는데 구속은 거의 줄지 않았다.

오히려 조금 전 몸 쪽으로 파고는 포심 패스트볼은 알면서도 방망이를 내밀지 못할 만큼 움직임이 좋았다.

'이래서는 안 돼. 정신 차리자.'

루이스 사다스가 스스로를 다독이며 다시 타석에 들어섰다.

첫 타석에서도 제대로 공을 맞혀내지도 못했는데 두 번째 타석에서까지 맥없이 물러나고 싶지 않았다.

그런 루이스 사다스를 상대로 강동원이 2구째 몸 쪽 커브를 붙여 넣었다.

후앗!

강동원의 손끝을 빠져나간 공이 큰 포물선을 그리며 날아갔다.

루이스 사다스가 타이밍을 늦추며 공을 때려내려 했지만 그대로 허공을 가르고 말았다.

투 스트라이크 노 볼인 상황에서 비스트 포지는 곧바로 승부수를 띄웠다.

'자, 여기로!'

비스트 포지의 사인은 바깥쪽이었다.

구종은 포심 패스트볼.

스트라이크 존과 볼의 경계선에 아슬아슬하게 걸치는 공이 아니라 바깥쪽 스트라이크 존을 통과하는 확실한 공을 요구했다.

설사 루이스 사다스가 노리고 있다 하더라도 강동원의 구위라면 충분히 이겨낼 수 있다고 판단한 것이다.

강동원은 군말 없이 고개를 주억거렸다.

그리고 비스트 포지의 미트를 향해 이를 악물고 공을 내던 졌다.

후앗!

강동원의 손끝을 빠져나간 공이 비스트 포지가 내민 미트 를 향해 빠르게 날아갔다. 그러자 루이스 사다스도 반사적으 로 방망이를 돌렸다.

따악!

방망이를 타고 묵직한 감각이 밀려들자 루이스 사다스는 이를 악물며 팔을 뻗어냈다. 어떻게든 내야만 넘긴다면 안타 를 기대해 볼 수도 있을 거라 여겼다.

하지만 강동원의 구위에 먹혀 버린 공은 내야를 벗어나지 못했다.

"내가 잡을게!"

2루수 조 패인이 제자리에서 크게 소리쳤다.

두 팔을 획획 저으며 다른 선수가 다가오지 못하게 했다.

루이스 사다스가 실수를 기대하며 1루를 향해 빠르게 내 달렸지만 조 패인은 거의 제자리에서 공을 잡아냈다.

그렇게 강동원은 공 3개로 첫 번째 아웃 카운트를 만들었 다. 그리고 타석에 들어선 8번 타자 크리스티안 베탄코스를 상대했다.

수비형 포수답게 크리스티안 베탄코스는 타격에는 그리 소질이 없었다. 타격과 수비, 두 마리 토끼를 다 잡고 있는 비스트 포지와는 전혀 다른 스타일이었다.

"포심 패스트볼로 승부를 보자고."

비스트 포지가 몸 쪽으로 미트를 들어 올렸다. 강동원은 기다렸다는 듯이 고개를 끄덕거리고는 투구판을 박차고 나갔다.

후앗!

강동원의 손끝을 빠져나간 공이 몸 쪽 꽉 차게 들어갔다. 크리스티안 베탄코스가 움찔했지만 방망이를 내밀지는 못했다.

초구 스트라이크를 잡은 상황에서 비스트 포지가 또다시 몸 쪽으로 미트를 움직였다.

구종은 체인지업.

크리스티안 베탄코스의 방망이를 끌어내자는 계산이었다.

후앗!

강동원이 내던진 공이 포심 패스트볼처럼 몸쪽을 파고들었다. 하지만 크리스티안 베탄코스는 초구에 이어 2구째도 꼼짝도 하지 않았다. 게다가 구심도 스트라이크를 선언하지 않았다.

공이 살짝 낮게 들어왔다고 판단한 것이다.

'그렇다면…….'

원 스트라이크 원 볼 상황에서 비스트 포지는 다시 한번 몸 쪽으로 미트를 붙여넣었다.

구종은 슬라이더.

보통 우타자의 바깥쪽으로 던지는 공이었지만 비스트 포지는 크리스티안 베탄코스의 방망이를 끌어내기 위해 과감하게 사인을 냈다.

강동원은 가볍게 고개를 끄덕이고는 비스트 포지의 미트를 향해 공을 내던졌다.

펑!

크리스티안 베탄코스를 맞힐 듯 날아들던 공이 마지막 순간에 홈 플레이트에 살짝 걸치며 들어갔다.

크리스티안 베탄코스는 이번에도 엉덩이를 빼며 타석에서 물러났다.

그렇게 하면 보다 유리한 판정을 끌어낼 수 있을 거라 계산했다.

하지만 구심은 단호했다.

"스트라이크!"

단호하게 오른팔을 들어 올리고는 크리스티안 베탄코스에게 한번 눈총을 주었다.

"젠장할!"

방망이 한 번 돌리지 못하고 투 스트라이크에 몰린 크리스티안 베탄코스가 질근 입술을 깨물었다. 그리고 삼진을 당하지 않겠다는 일념하에 4구를 기다렸다.

"이제 와서 그래 봐야 너무 늦었다고."

단단히 약이 오른 크리스티안 베탄코스를 바라보며 비스트 포지기 피식 웃었다. 그와 동시에 강동원이 힘차게 투구판을 박차고 앞으로 나왔다.

후앗!

강동원의 손끝에서 공이 빠져나오기가 무섭게 크리스티안 베탄코스도 타격에 들어갔다. 당연히 포심 패스트볼이 들어올 거라 확신한 것이다.

하지만 정작 로진 가루를 흩뿌리며 날아온 공은 큰 포물선을 그렸다.

커브.

"크아아아!"

크리스티안 베탄코스가 어떻게든 맞혀보려 노력했지만 방망이는 허공만 가르고 말았다.

41장
퍼펙트 II

-강! 가앙! 또다시 삼진 모드에 들어갑니다!

-오늘 경기 11개째 삼진인데요.

중계석에서 절로 감탄이 터져 나왔다. 그러자 파드리스 더 그아웃에서 대타를 기용했다.

투수 닉 반센트를 대신해 헌터 램프를 타석에 올린 것이다.

"호락호락 당하진 않겠다."

헌터 램프는 초반부터 적극적인 공격 자세를 취했다. 초구에 들어온 몸 쪽 포심 패스트볼을 건드린 뒤 2구째 바깥쪽으로 들어온 커브에도 반응을 보였다.

하지만 3구째 바깥쪽을 파고든 슬라이더를 놓치면서 헌

터 램프는 조급해졌다. 그 결과 4구째 들어온 100mile/h(≒ 160.9㎞/h)짜리 몸 쪽 포심 패스트볼에 스탠딩삼진을 당하고 말았다.

—강! 크리스티안 베탄코스에 이어 헌터 램프까지 삼진으로 돌려세웁니다!

—오늘 경기 열두 번째 탈삼진인데요. 정말 대단합니다.

—강동원이 6이닝을 소화했으니 이닝당 2개꼴인데요.

—등판하는 모든 경기에서 이 정도의 탈삼진 기록을 유지할 수 있다면 메이저리그 역대 최다 탈삼진 개수를 갈아치우게 될 겁니다.

중계진의 호평 속에 6회를 틀어막은 강동원이 천천히 마운드를 내려왔다.

"강! 가아아아앙!"

"내 사랑, 강!"

"강! 여길 봐! 널 보러 왔다고!"

"강! 네가 최고야! 네가 최고라고오!"

팬들은 앞다투어 강동원에게 함성을 쏟아냈다.

이제 메이저리그 풀타임 시즌을 치르고 있는 2년 차 루키에 불과했지만 적어도 오늘 경기에서만큼은 메디슨 범가드너가 부럽지 않을 정도였다.

6회까지 강동원의 투구 수는 단 60구에 불과했다. 이닝당 10구꼴이니 완투도 불가능해 보이지 않았다.

피안타는 물론이고 단 하나의 사사구도 내주지 않았다. 반면 탈삼진은 무려 12개나 잡았다.

강동원이 6회까지 퍼펙트 경기를 펼치자 중계진도 슬슬 기대하기 시작했다.

─6회가 끝난 현재, 강동원 선수. 퍼펙트 피칭을 이어가고 있습니다. 이대로 3회만 버틴다면…… 대기록을 달성할 수도 있을 것 같은데요.

─그렇습니다. 잘하면 오늘 메이저리그 역사에 기록될 엄청난 일이 일어날 것 같습니다.

─하지만 마지막까지 마음을 놓을 수는 없지 않습니까?

─그렇습니다. 파드리스 타자들이 오늘 타격 컨디션이 좋지 않긴 하지만 최근 페이스는 좋았거든요. 언제 어디서 폭발할지 알 수가 없습니다.

퍼펙트게임에 대한 기대를 갖는 건 자이언츠 팬들도 마찬가지였다.

전광판에 찍힌 0의 행진을 보면서 대기록을 생각하지 않을 팬들은 아무도 없었다.

"이봐, 지금까지 강, 퍼펙트지?"

"쉿! 조용히 해. 그러다 부정 타면 어쩌려고."

"부정은 무슨!"

"그래도 입조심해."

"알았어. 그보다 이거 긴장되는걸?"

"나도 그래."

"강이 잘하겠지?"

"그야 모르지. 그보다 우리 내기하는 건 어때?"

"내기? 무슨 내기?"

"강이 퍼펙트한다 못 한다!"

"에이, 무슨 그런 내기를……. 한다에 10달러!"

"크크크, 좋아! 그럼 난 못 한다에. 10달러!"

두 친구는 주머니에서 10달러 지폐를 꺼내 내기를 했다.
그러는 사이 마운드에는 바뀐 투수 브랜드 핸드가 올라와 있
었다.

좌완 투수인 브랜드 핸드는 묵직한 포심 패스트볼로 자이
언츠 타자들을 상대했다.

그 결과 5번 타자 브랜드 벨트와 6번 타자 브랜드 크로포
트가 각기 중견수 플라이와 2루수 땅볼로 아웃이 됐다.

"스트라이크 타자 아웃!"

공 5개로 두 개의 아웃 카운트를 잡아낸 뒤 브랜드 핸드는 7번 타자 에두아르 누네스를 헛스윙 삼진으로 돌려세우고 마운드를 내려갔다.

"이번에도 후다닥이네."

이온 음료를 입가에 가져다 댔던 강동원이 이내 자리에서 일어났다.

타자들의 적극적인 공격을 탓할 생각은 없었지만 공수 교대가 지나치게 빠른 느낌이 들었다.

"후우……."

길게 숨을 고르며 강동원은 마운드에 오르기 위해 스파이크 끈을 단단히 조였다. 그때 그의 앞으로 비스트 포지가 다가왔다.

앞선 이닝에 타석에 들어서서일까. 비스트 포지는 일찌감치 포수 장비를 착용한 상태였다.

"너무 서두르지 마. 이번에도 구심이 몸 풀 시간은 충분히 줄 거야."

"네."

"그건 그렇고 기분은 어때?"

"좋아요. 아무렇지도 않아요."

강동원은 팔까지 돌려가며 자신이 생생하다는 것을 보여주었다. 그 모습에 비스트 포지는 피식 웃음을 머금었다.

"그럼 됐어. 이번 이닝도 깔끔하게 막자고!"

"가요, 포지."

강동원이 비스트 포지와 가볍게 주먹을 부딪쳤다. 그리고 마운드를 향해 당차게 걸음을 옮겼다.

연습 투구를 마친 후 강동원이 투구판을 단단히 밟았다. 그사이 1번 타자 트레비스 얀키우스키가 타석에 들어섰다.

갑작스럽게 고요해진 자이언츠 파크를 쑥 둘러본 뒤 트레비스 얀키우스키는 전광판에 시선을 고정했다.

4 대 0.

다소 일방적인 스코어를 떠나 파드리스의 기록란이 0으로 뒤덮였다는 사실이 마음에 들지 않았다.

'이번에는 반드시……!'

트레비스 얀키우스키는 질근 입술을 깨물었다. 벌써 세 번째 타석이었다. 1번 타자로서 팀이 무안타의 수렁에 빠져 있다는 사실이 무겁게 느껴졌다.

그래서 트레비스 얀키우스키는 타석에 들어서기 전에 결심을 했다.

안타가 아니어도 좋으니 기필코 출루에 성공하겠다고. 그렇게 해서 어떻게든 퍼펙트게임을 막겠다고 말이다.

'몸에 맞고 서라도 나가겠어.'

트레비스 얀키우스키가 홈 플레이트 쪽에 최대한 가깝게 붙어 섰다.

마운드에서 봤을 때 홈 플레이트와 트레비스 얀키우스키의 간격이 공 두 개 정도밖에 보이지 않을 정도로 말이다.

그러나 비스트 포지는 눈 하나 까딱하지 않고 초구를 몸 쪽으로 주문했다.

사인을 확인한 강동원이 단단히 고개를 끄덕였다. 그리고 있는 힘껏 공을 내던졌다.

후앗!

강동원의 손끝을 빠져나간 공이 트레비스 얀키우스키를 맞힐 것처럼 날아들었다.

"……!"

트레비스 얀키우스키는 피하는 대신 슬쩍 몸을 비틀었다. 정말로 몸에 맞는 공이라면 관절 부위는 최대한 보호하고 싶었다. 하지만.

퍼엉!

정작 홈 플레이트 가장자리를 스쳐 지난 공은 비스트 포지의 미트에 정확하게 파묻혔다.

"스트라이크!"

구심은 단호하게 스트라이크를 외쳤다.

트레비스 얀키우스키가 당황스러운 눈으로 구심을 바라봤지만 구심의 판정은 달라지지 않았다.

"후우……."

길게 한숨을 내쉬며 트레비스 얀키우스키가 전광판을 바라봤다.

전광판에 찍힌 구속은 무려 98mile/h(≒157.7km/h).

7회에 들어섰는데도 전혀 지치지 않은 모양이었다.

'괴물 같은 놈…….'

트레비스 얀키우스키가 타석을 벗어나 고개를 절레절레 흔들었다.

구속도 구속이지만 초구의 움직임은 오싹할 정도였다.

홈 플레이트에 바짝 붙어서 강동원을 압박해 봤지만 정작 공은 무릎 앞쪽을 공 한 개 차이로 스쳐 지났다.

이런 건 메이저리그 베테랑들조차 쉽게 던지지 못하는 공이었다.

'침착하자. 혹시 모르니까 몸 쪽에 여유를 두는 게 좋겠어.'

트레비스 얀키우스키는 만약을 대비해 처음보다 한 발자국 물러났다. 그러자 비스트 포지가 씩 웃더니 바깥쪽으로 엉덩이를 움직였다.

후앗!

강동원의 손끝을 빠져나간 공이 한복판을 지나 바깥쪽 스트라이크 존을 훑고 지났다.

"스트라이크!"

구심은 이번에도 오른손을 들어 올렸다.

"젠장할!"

트레비스 얀키우스키가 발끈하듯 소리쳤다.

자신의 눈에는 한참 멀어보이는 공인데 스트라이크라니.

이런 식으로 판정이 나온다면 강동원을 공략하는 것 자체가 불가능해질 수밖에 없었다.

'젠장할. 어떻게든 때린다!'

트레비스 얀키우스키가 입술을 질근 깨물었다.

본래는 스트라이크 존에 들어오는 공만 철저하게 노릴 생각이었지만 투 스트라이크에 몰린 이상 더는 방법이 없었다.

'제발 빠른 공이 들어와라.'

트레비스 얀키우스키는 내심 포심 패스트볼이 날아들길 원했다.

초구와 2구, 연속으로 볼을 놓치는 과정에서 머릿속에 선명하게 각인됐으니 다시 한번 포심 패스트볼이 들어온다면 어떻게든 대처가 가능할 것 같았다.

그러나 이번에도 비스트 포지는 트레비스 얀키우스키의 노림수와 반대되는 공을 요구했다.

후앗!

강동원의 손에서 빠져나온 공이 큰 포물선을 그리며 바깥쪽으로 날아들었다. 그리고는 홈 플레이트 바로 앞쪽에서 뚝 하고 떨어져 내렸다.

"크으윽!"

자신도 모르게 방망이를 돌렸던 트레비스 얀키우스키가 이를 악물고 허리를 멈춰 세웠다.

원 바운드로 공을 받아낸 비스트 포지가 재빨리 3루심을 향해 손을 뻗었다.

그러자 3루심은 양팔을 펼치며 고개를 흔들었다.

트레비스 얀키우스키의 방망이 헤드가 홈 플레이트를 지나치지 않았다고 판단을 내린 것이다.

"쳇."

비스트 포지는 아쉬운 얼굴로 강동원에게 공을 던져 주었다.

반면 트레비스 얀키우스키는 가슴을 쓸어내렸다.

방망이가 조금만 더 나갔더라도 하마터면 3구 삼진을 당할 뻔했다.

"정신 차리자! 또 당할 순 없다고."

애써 마음을 다잡은 뒤 트레비스 얀키우스키가 자신의 헬멧을 한 차례 툭 때렸다. 그리고 결의에 찬 얼굴로 타석에 들어섰다.

그러나 강동원은 트레비스 얀키우스키에게 눈길조차 주지 않았다. 4구째 사인을 기다리며 비스트 포지만 뚫어져라 바라봤다.

비스트 포지는 잠시 고심하다 바깥쪽 사인을 냈다.

구종은 체인지업.

포심 패스트볼을 기다리는 트레비스 얀키우스키를 충분히 속일 수 있는 공이었다.

사인을 확인한 강동원이 가볍게 고개를 끄덕였다. 그리고 있는 힘껏 공을 내던졌다.

후앗!

강동원의 손끝에서 벗어난 공이 정확하게 홈 플레이트 가장자리로 날아갔다.

그러자 트레비스 얀키우스키가 망설이지 않고 방망이를 돌렸다.

'좋았어!'

비스트 포지는 트레비스 얀키우스키의 방망이가 그대로 허공을 가를 것이라고 예상했다.

하지만 마지막 순간에 트레비스 얀키우스키가 구종을 알아채고 팔을 쭉 뻗으면서 비스트 포지의 예상과는 다른 그림이 그려졌다.

딱!

방망이 끝부분 밑동에 걸린 타구가 홈 플레이트에 맞고 튀어 올랐다. 그러더니 마운드와 3루 베이스 사이로 느리게 굴러갔다.

순간 경기장이 침묵에 휩싸였다. 만에 하나라도 퍼펙트가 깨지는 그런 불상사가 생길까 봐 다들 입을 다물었다. 그때 3루수 에두아르 누네스가 앞으로 내달리며 소리쳤다.

"내가 잡을게!"

에두아르 누네스가 빠른 발을 이용해 달려와 맨손으로 공을 움켜잡았다. 그리고 곧장 1루에 러닝 스로우로 공을 던졌다.

1루수 브랜드 벨트는 최대한 다리를 벌려 조금이라도 빨리 잡으려고 글러브를 뻗었다. 그러자 트레비스 얀키우스키도 이를 악물며 1루를 향해 발을 뻗었다.

퍼엉!

탓!

공과 트레비스 얀키우스키가 거의 동시에 1루에 도착했다.

"세이프!"

눈을 부릅뜨고 1루 베이스를 노려보던 1루심이 곧장 두 팔을 벌렸다.

"뭐? 세이프? 공이 먼저 들어왔다고!"

1루수 브랜드 벨트가 강하게 항의했다. 하지만 1루심은 고개를 가로저었다.

"아니야. 발이 먼저였어."

"발이 먼저라니, 무슨 소리예요! 분명 공이 먼저 도착했다니까요?"

"글쎄, 발이 먼저였다니까?"

1루심이 단호한 목소리로 말했다. 자신이 낸 판정을 번복할 생각은 추호도 없어 보였다. 브랜드 벨트는 억울한 얼굴로 브루스 보체 감독을 바라보았다.

"젠장할."

더그아웃에서 경기를 지켜보던 브루스 보체 감독 또한 심각한 얼굴이었다.

만에 하나 이 판정 하나로 내야 안타가 된다면 퍼펙트는 물론 노히트노런까지 날아가게 될 판이었다. 그렇게 될 경우 강동원이 와르르 무너지게 될지도 몰랐다.

그때 뒤에 있던 론 워스트 벤치 코치가 사인을 보냈다.

"브루스! 챌린지를 신청해 봐요!"

브루스 보체 감독이 곧바로 더그아웃을 박차고 나가 구심에게 비디오 판독을 요청했다. 비디오 판독을 통해서 이 상황을 뒤집을 수만 있다면 결코 망설일 생각이 없었다.

구심은 브루스 보체 감독의 요청을 받아들였다. 그러자 세 명의 심판이 곧바로 구심에게 향했다.

구심은 경기장 안쪽으로 가서 뉴욕 센터와 연결된 헤드셋을 착용했다.

비디오 판독이 적절한 타이밍에 요청이 된 탓일까. 자이언츠 파크는 특별히 소란스럽지 않았다.

그저 낮은 웅성거림만이 불만스러움을 대변하고 있었다.

"세이프라니. 말도 안 돼."

"내 말이 그 말이야. 누가 보더라도 아웃이었잖아."

"저 자식 누구야? 만약에 세이프가 인정되면 가만두지 않을 거야."

"세이프가 인정되면 받아들여야지. 그럼 1루심의 잘못은 없는 거잖아."

"닥쳐! 분위기를 봐가며 판정을 했어야지, 아슬아슬하면 투수에게 유리하게 판정을 내려야 하는 거 아니야?"

"글쎄, 난 그 반대인 것으로 알고 있는데."

"시끄러워! 넌 대체 누구 편이야?"

관중들은 하나같이 1루심의 판정이 뒤집히길 바랐다. 대기록이 눈앞으로 다가왔는데 애매한 판정 하나로 사라지기에는 너무나도 아쉽기만 했다.

그때 전광판에 조금 전 상황이 리플레이 되기 시작했다.

-오늘 경기에서 가장 중요한 판정입니다. 만약 세이프로 인정된다면 강동원의 퍼펙트 경기가 날아가게 됩니다. 이 얼마나 안타까운 일입니까.

　-지금 뉴욕 센터에서도 신중하게 판단하고 있는 것 같습니다. 시간이 좀 많이 지체되는 것 같아요.

　-아무래도 애매하다 보니 여러 번 분석하고 지켜볼 것 같습니다.

　-지금 전광판에 조금 전 상황이 나오고 있습니다. 그런데 확실히 애매하기는 합니다. 여기서 보면 타자가 아웃인 것 같고 저기서 보면 세이프인 것 같습니다.

　-제가 보기에는 아웃인 것 같은데요.

　-아웃이요?

　-네, 저 장면을 보면, 아니, 그전 장면이요.

　-흠……. 그렇네요. 이 각도에서 보니 미세하게나마 공이 먼저인 것 같습니다.

　-그렇죠?

　-하지만 이 정도 차이를 두고 1루심이 잘못된 판정을 내렸다고 탓하긴 어려울 것 같습니다.

　-그 점에 있어서는 백번 동감합니다. 그래서 비디오 판독이 존재하는 것일 테고요.

중계진이 얘기를 하는 사이 관중들의 시선은 전광판에 향해 있었다. 그때 누군가가 크게 소리쳤다.

"그렇지, 아웃이야!"

그러자 관중들이 기다렸다는 듯이 환호성을 내질렀다.

마운드에 있는 강동원이 눈을 크게 떴다. 그리고 자신도 모르게 전광판으로 고개를 돌렸다.

전광판에는 리플레이 화면이 계속해서 나오고 있었다. 그런데 파드리스의 기록판이 유난히도 낯설게만 느껴졌다.

"뭐지? 왜 다 0 이지?"

안타, 사사구, 점수까지 모두 숫자 0이 찍혀 있었다. 반면 삼진은 무려 12개나 되어 있었다.

"설마 지금까지 나 퍼펙트였어?"

강동원은 그제야 자신이 퍼펙트 피칭을 이어가고 있다는 사실을 알아챘다.

하지만 기쁘기보단 뿌듯한 마음이 들었다. 오늘따라 지나치게 컨디션이 좋은 나머지 매 이닝 투구에만 집중하자고 마음먹었던 게 아무래도 좋은 결과로 이어진 것 같은 느낌이 들었다.

그래서일까. 퍼펙트 피칭이 깨질지도 모른다는 아쉬움 같은 건 딱히 들지 않았다.

"에이, 퍼펙트는 한 번이면 족하지. 뭐, 메이저리그에서 퍼펙트 하면 더 좋겠지만. 군이 미련을 가질 필요는 없어."

강동원은 애써 외면했다. 비록 고교 야구이긴 하지만 강동원은 청룡기 대회에서 퍼펙트를 한 적이 있었다. 그리고 이듬해는 봉황기에서 노히트노런을 달성하기도 했다.

생에 단 한 번 이룰까 말까 한 대기록을 전부 이뤘으니 더 이상 욕심을 내서는 안 될 것 같다는 생각도 들었다.

그러는 사이 구심이 쓰고 있던 헤드셋을 벗었다. 뉴욕 센터에서 판정이 나온 모양이었다. 다른 때보다 신중을 기했는지 제법 많은 시간이 흘러갔다.

모두의 시선이 구심에게 향했다. 강동원도 태연한 얼굴로 구심을 바라봤다.

바로 그 순간.

"아웃!"

구심이 주먹을 하늘 높이 들어 올렸다.

그 순간 관중석에 있던 팬들이 일제히 자리에서 일어나며 환호성을 질렀다.

"우와아아아아아!"

"그래, 바로 그거야!!"

"강! 강! 가자!"

자이언츠 팬들은 마치 월드 시리즈에서 우승을 한 것처럼 기뻐했다.

덩달아 강동원의 입가도 실룩실룩거렸다. 마음을 내려놓고 있었는데 다시 퍼펙트게임을 이어갈 기회가 주어진 것이다.

"훗! 이젠 별수 없이 퍼펙트 가야겠네."

강동원이 마운드를 내려와 로진 백을 힘껏 움켜쥐었다. 몰랐다면 모르겠지만 알게 된 이상 이 기회를 놓치고 싶지 않았다.

비스트 포지도 다시 주어진 기회라 여기고 신중하게 사인을 보냈다. 그 결과.

"스트라이크 아웃!"

"스트라이크 아웃!"

2번 타자 얀게르비스 솔라테와 3번 타자 알렉스 디커슨을 연속 삼구 삼진으로 잡으며 이닝을 끝마쳤다.

─강! 강! 가아앙! 대단합니다. 벌써 14개째 삼진을 잡아냅니다.

─그야말로 닥터 강입니다. 자이언츠에 강동원보다 탈삼진을 잘 잡아내는 투수는 없을 것 같습니다.

─본래도 커브가 좋아서 타자들의 타이밍을 잘 빼앗았는데요. 오늘은 100mile(≒160.9㎞/h)의 포심 패스트볼로 타자들을 윽박지르고 있습니다.

―전반기 때 강동원의 포심 패스트볼 구속은 충분히 향상될 수 있을 거라고 말했는데요. 바로 오늘 경기에서 자신의 잠재력을 마음껏 폭발시키고 있는 것 같습니다.

중계진은 한목소리로 강동원에게 극찬을 쏟아냈다.

하마터면 퍼펙트게임을 날려 버릴지 모른 상황에서 까다로운 얀게르비스 솔라테와 한창 타격감이 좋은 3번 타자 알렉스 디커슨을 연속 3구 삼진으로 잡아낸다는 건 말처럼 간단한 일이 아니었다.

"잘했어, 강동원."

강동원도 모처럼 스스로를 칭찬했다. 그리고 동료들의 격한 환대를 기대하며 더그아웃으로 들어갔다.

하지만 자이언츠 선수들은 강동원과 가볍게 손뼉을 부딪치고는 제자리로 돌아갔다.

6회까지만 해도 엄지손가락을 들어 올리던 브루스 보체 감독도 묘한 미소를 짓는 것으로 때워 버렸다.

"응? 뭐지?"

강동원이 주위를 두리번거렸다. 자신 주변이 텅 빈 것처럼 아무도 없었다.

특별히 대패하는 경우를 제외하고 자이언츠 더그아웃은 늘 활기찼다.

162경기라는 장기 레이스를 치르려면 승패에 연연해서는 안 된다는 걸 선수들이 본능적으로 알기 때문이었다.

한국에서 건너와 대화가 서툴 때도 자이언츠 선수들은 강동원에게 자주 말을 걸어왔다.

영어가 제법 들리기 시작한 요즘은 메디슨 범가드너를 필두로 여러 선수가 강동원의 옆자리에 앉아 이런저런 이야기를 건넸다.

그런데 갑자기 분위기가 달라졌다. 선수들이 마치 자신을 없는 사람 취급하는 것 같았다.

"설마……."

강동원은 슬쩍 전광판으로 눈을 돌렸다.

0으로 뒤덮인 파드리스의 기록란.

어쩌면 이게 대답이 될 것 같았다.

"날 신경 써주는 건 좋은데……."

강동원이 피식 웃었다. 조금 심심하긴 했지만 그렇다고 자신을 배려하는 동료들에게 그럴 필요 없다고 너스레를 떨 필요는 없을 것 같았다.

"남은 두 이닝도 빨리 끝내 버리자."

강동원이 피식 웃으며 이온 음료를 한 모금 들이켰다. 그리고 곧장 헬멧과 방망이를 집어 들고 그라운드 위로 발을 내디뎠다.

7회 말 자이언츠 공격은 8번 타자 조 패인으로부터 시작되었다.

강동원은 헬멧을 쓴 채로 대기 타석에 섰다. 그리고 바뀐 투수의 브랜드 핸드의 투구 동작을 유심히 살폈다.

그때 조 패인이 브랜드 핸드의 초구를 받아쳐 좌전 안타로 출루를 했다.

브랜드 핸드의 포심 패스트볼이 몸 쪽을 날카롭게 찔러 들었지만 조 패인은 망설이지 않고 방망이를 돌렸다.

"아직 준비도 안 됐는데."

쓴웃음을 지으며 강동원이 천천히 타석 쪽으로 걸어갔다.

타석에 한발 걸치며 강동원은 일단 3루 쪽을 바라봤다. 그러자 필 너반 3루 코치가 기다렸다는 듯이 사인을 냈다.

'응? 일단 기다리라고?'

강동원은 고개를 갸웃거렸다. 4 대 0으로 앞서가고 있고 퍼펙트 중인 만큼 무리하지 말라는 배려 같았다. 하지만 강동원은 초구가 몸 쪽으로 들어오자 곧바로 번트를 댔다. 거의 본능적으로 몸이 움직인 것이다.

'앗, 대기하라고 했는데…….'

강동원은 뒤늦게 아차 싶었다. 하지만 이미 번트 동작은 취했고, 그렇다면 공을 맞혀야 했다.

딱!

강동원이 갑자기 번트를 대자 1루 주자 조 패인이 화들짝 놀라며 2루로 뛰어갔다. 다행히도 타구가 절묘하게 흐르면서 조 패인의 진루를 도왔다.

"젠장."

뒤늦게 공을 잡은 브랜드 핸드는 2루가 늦었다고 판단하고 1루에 공을 던져 아웃을 시켰다.

강동원이 이를 악물고 달려봤지만 한참 먼저 들어온 송구를 막을 재간이 없었다.

"잘했어! 강!"

"좋았어!"

더그아웃으로 몸을 돌리는 강동원을 향해 관중들이 박수를 보냈다.

하지만 브루스 보체 감독은 고개를 절레절레 흔들었다. 강동원의 지나친 열정이 걱정스러웠던 것이다.

"죄송합니다, 감독님."

다른 선수들 같았다면 그냥 넘어갔겠지만 강동원은 곧바로 브루스 보체 감독에게 사과를 했다.

"좋은 판단이었다. 하지만 다음부터는 벤치의 사인을 따르도록 해. 알았지?"

"네, 알겠습니다."

강동원은 멋쩍은 얼굴로 헬멧을 놓고 자신의 자리로 걸어 갔다. 그때 메디슨 범가드너가 히죽 웃으며 말을 걸었다.

"뭐야? 강. 4점으로 부족했던 거야? 혼자 다해먹고 싶었 던 거야?"

"그런 거 아니에요. 나도 모르게 그냥……."

"하하. 괜찮아, 강. 그 누구도 널 뭐라고 하지 않으니까. 어쨌든 잘했어. 팀을 위해 헌신한다는 건 언제나 칭찬받을 만한 일이니까."

"아, 네. 고마워요."

강동원은 예상치 못한 에이스 메디슨 범가드너의 칭찬에 머리를 긁적이며 자신의 자리로 갔다. 그리고 구석에 내려놓 은 이온 음료 한 모금을 마신 후 수건으로 땀을 닦았다.

강동원의 번트 덕분에 자이언츠는 1사 2루의 기회를 잡게 됐다.

뒤이어 타석에 들어선 1번 타자 다나드 스팬은 방망이를 단단히 움켜쥐었다.

퍼펙트게임을 눈앞에 두고 있는 강동원이 기회를 만들어 주기 위해 번트까지 댔는데 1번 타자로서 그냥 넘어갈 수가 없었다.

브랜드 핸드도 초구를 몸 쪽으로 바짝 붙이며 위기를 벗어

나려 노력했다.

하지만 바깥쪽으로 형성된 2구째 체인지업을 다나드 스팬이 가볍게 걷어 올리며 좌익수 앞에 뚝 하고 떨어뜨려 놓았다.

그사이 2루 주자 조 패인이 3루를 돌아 홈에 들어왔다.

"좋았어!"

강동원이 자리에서 일어나 소리쳤다. 4 대 0은 만루 홈런 한 방으로 동점을 만들 수 있지만 5 대 0은 달랐다. 만루 홈런이 나오더라도 다시 한번 공격 기회를 살려야 했다.

투수 입장에서는 타자들이 점수를 뽑아주면 줄수록 좋았다. 한 점이라도 더 리드하면 마운드 위에서 공을 던지기가 그만큼 수월해졌다.

그런 강동원의 속마음이 전해지기라도 한 것일까. 2번 타자 아르헨 파건의 방망이도 불을 뿜었다.

따악!

브랜드 핸드의 초구와 2구를 모두 지켜본 뒤 원 스트라이크 원 볼 상황에서 3구째 몸 쪽을 파고드는 패스트볼을 잡아당겨 우익수 앞에 떨어지는 안타를 만들어낸 것이다.

1루에 있던 다나드 스펜은 2루를 돌아 재빨리 3루에 안착했다. 파드리스의 우익수 자바라 블랙이 공을 잡기가 무섭게 3루로 내던졌지만 송구가 빗나가고 말았다.

1사 주자 1, 3루 상황에서 3번 타자 비스트 포지가 타석에 들어섰다.

그러자 파드리스 벤치가 움직였다. 에디 그린 감독과 짧게 대화를 나눈 데런 바셀리 투수 코치가 마운드를 방문한 것이다.

"힘이 빠졌어?"

데런 바셀리 코치가 나직이 물었다. 그러자 브랜드 핸드가 다급히 고개를 가로저었다.

"아니요. 멀쩡해요."

"이번 회 책임질 수 있겠어?"

"네, 자신 있습니다."

"알았어. 1사 1, 3루니까 한 점까지는 어쩔 수 없겠지만 더 이상은 힘들어."

"네, 알겠습니다."

데런 바셀리 코치가 고개를 끄덕인 후 마운드를 내려갔다. 브랜드 핸드는 애써 짜증을 되삼키며 마운드를 골랐다.

그사이 다시 타석에 들어선 비스트 포지가 방망이를 추켜들었다.

"보채지 마, 이 자식아."

사인을 받기가 무섭게 브랜드 핸드가 있는 힘껏 공을 던졌다.

후앗!

브랜드 핸드의 손끝을 빠져나간 공이 바깥쪽 스트라이크 존을 향해 빠르게 날아갔다.

장타를 노리는 타자라면 그냥 걸러 보낼 코스였다. 하지만 비스트 포지는 망설이지 않고 방망이를 돌렸다.

따악!

방망이 끝부분에 걸린 공이 하늘 높이 치솟으며 중견수 방향으로 날아갔다.

파드리스의 중견수 트레비스 얀키우스키는 슬금슬금 뒤쪽으로 움직였다.

그러다 타구 낙하점을 확인하고는 침착하게 글러브를 들어 올렸다.

탁!

제법 멀리 날아간 공이 트레비스 얀키우스키의 글러브 속으로 사라졌다.

그러자 3루 주자 다나드 스팬이 기다렸다는 듯이 태그 업을 하며 홈을 밟았다.

다나드 스팬의 기민한 주루 플레이에 트레비스 얀키우스키는 홈에 승부를 걸 엄두조차 내지 못했다.

그렇게 다시 1점을 추가한 자이언츠는 6 대 0으로 달아났다. 그리고 2사 주자 1루인 상황에서 4번 타자 헌터 페이스가 들어섰다.

"젠장. 오늘따라 포지 혼자 다해먹는군그래."

타석에 들어선 헌터 페이스의 눈빛이 날카로워졌다.

자신의 앞 타순에 있는 비스트 포지가 펄펄 나는데 4번 타자로서 가만히 있을 수가 없었다.

"나도 뭔가 보여줘야겠어."

헌터 페이스가 천천히 방망이를 돌렸다. 두 다리를 단단히 타석에 파묻은 뒤 브랜드 핸드를 매섭게 처다보았다.

하지만 브랜드 핸드는 헌터 페이스를 특별히 신경 쓰지 않았다. 말이 좋아 4번 타자지 4번 타자로서의 중량감은 떨어졌기 때문이다.

크리스티안 베탄코스의 사인을 받은 뒤 브랜드 핸드는 바깥쪽으로 포심 패스트볼을 찔러 넣었다.

퍼엉!

제법 날카롭게 날아든 공이 그대로 크리스티안 베탄코스의 미트에 파묻혔다.

"스트라이크!"

구심도 망설이지 않고 오른팔을 들었다.

하지만 헌터 페이스는 꿈쩍도 하지 않았다. 원하는 공이 아니기라도 한 듯 바깥쪽으로 공이 빠지기가 무섭게 타격을 포기해 버렸다.

"몸 쪽을 노린다 이거지? 그럼 어디 이것도 참아봐라."

공을 건네받은 브랜드 핸드는 다시 바깥쪽으로 공을 던졌다. 이번에는 체인지업이었다. 그것도 초구와 거의 비슷한 코스로 날아들었다.

타자 입장에서는 초구가 스트라이크 판정을 받았으니 2구 역시 스트라이크가 될지도 모른다는 불안함이 들 수밖에 없었다. 그리고 그 불안감을 이기지 못한 타자는 대부분 방망이를 내밀고 말았다.

그러나 헌터 페이스는 이번에도 눈 하나 까딱하지 않았다. 브랜드 핸드가 2구째 유인구를 던질 것이라고 간파한 것이다.

헌터 페이스의 예상대로 마지막 순간에 뚝 가라앉은 공은 볼 판정을 받았다.

원 스트라이크 원 볼 상황에서 브랜드 핸드는 3구째 다시 바깥쪽으로 포심 패스트볼을 던졌다.

초구보다 공 하나 정도 빠지는 코스.

하지만 헌터 페이스는 그대로 타석 밖으로 발을 빼버렸다.

4구째도 마찬가지였다. 브랜드 핸드가 스트라이크를 잡기 위해 던진 바깥쪽 포심 패스트볼이 낮게 제구 되며 볼 판정이 나왔다.

헌터 페이스가 건드려 줬다면 더없이 좋았겠지만 헌터 페이스는 무심한 얼굴로 마운드를 바라볼 뿐이었다.

원 스트라이크 쓰리 볼.

투수에게 절대적으로 불리해진 상황에서 브랜드 핸드는 숨을 크게 몰아쉬었다.

"후우⋯⋯!"

여기서 볼을 던지게 되면 2사에 주자가 두 명으로 늘어난다. 그리고 다시 한번 스코어링 포지션에 주자가 나가게 된다.

그렇게 되면 이번 이닝을 책임지지 못하고 교체될 가능성이 높았다.

결국 어떻게든 스트라이크를 집어넣어야 하는 상황이었다.

크리스티안 베탄코스는 그냥 거르자며 바깥쪽으로 미트를 움직였다.

하지만 브랜드 핸드는 정중앙에 그대로 공을 꽂아 넣었다.

펑!

"스트라이크!"

묵직한 포구 소리와 구심의 콜 소리가 거의 동시에 울려 퍼졌다.

헌퍼 페이스는 고개를 끄덕이며 타석을 벗어났다. 원 스트라이크 쓰리 볼이라 하나 기다려 봤는데 역시나 자신을 그냥 내보낼 생각은 없는 모양이었다.

'그렇다면 나도 되갚아줘야겠지.'

헌터페이스가 질근 입술을 깨물었다. 그사이 사인 교환을 마친 브랜드 핸드가 투구판을 박차고 나왔다.

후앗!

브랜드 핸드의 손끝을 빠져나온 공이 겁도 없이 몸 쪽으로 파고들었다.

볼이 되어도 좋다는 심정으로 몸 쪽에 바짝 붙였다면 나았겠지만 브랜드 핸드는 욕심을 부렸다.

5구째 한복판으로 들어갔던 포심 패스트볼처럼 이번에도 헌터 페이스가 공을 놓쳐 주길 바라며 스트라이크 존으로 밀어 넣은 것이다.

그 공을 헌터 페이스가 놓칠 리 없었다.

"어딜!"

헌터 페이스가 망설이지 않고 힘차게 방망이를 돌렸다.

따악!

방망이 중심에 걸린 타구가 좌익수 방면으로 쭉 뻗어 나갔다. 파드리스의 좌익수 알렉스 디커슨이 공을 쫓아 힘껏 뛰어봤지만 그보다 타구의 움직임이 더 빨랐다.

"젠장. 넘어가는 건가?"

타구를 잡는 걸 포기한 알렉스 디커슨이 펜스 플레이를 준비했다.

어떻게든 담장을 맞고 떨어지기만 해준다면 1루 주자가 홈으로 들어가는 건 막아낼 생각이었다.

하지만 마지막 순간에 바람을 타버린 타구는 그대로 담장 밖으로 사라져 버렸다.

−넘어갔습니다! 헌터 페이스! 오늘 경기의 승패를 결정짓는 한 방을 때려냅니다!

−자이언츠의 4번 타자다운 깔끔한 스윙이었습니다.

헌터 페이스는 방망이를 그대로 던져놓고 천천히 1루를 향해 뛰어갔다. 1루 주자 아르헨 파건은 어느새 3루를 돌아 홈을 밟고 있었다.

브랜드 핸드는 고개를 떨어뜨렸다. 헌터 페이스에게 투런 홈런을 허용하며 스코어는 8 대 0까지 벌어져 버렸다.

실점을 막고 경기를 뒤집을 수 있는 환경을 만들어야 하는 불펜 투수의 입장에서는 그야말로 최악의 결과나 다름없었다.

"헌터! 헌터어!"

"잘했어, 헌터! 최고였다고!"

"역시 헌터야!"

"이리 와! 내 키스를 받으라고!"

더그아웃으로 들어온 헌터 페이스는 동료들과 얼싸안으며 홈런의 기쁨을 함께했다.

강동원도 씩 웃으며 헌터 페이스의 등짝을 힘껏 내려쳤다.

그사이 파드리스의 에디 그린 감독이 마운드에 올랐다.

"수고했네."

에디 그린 감독은 무표정한 얼굴로 브랜드 핸드에게 손을 내밀었다. 브랜드 핸드가 실점 없이 잘 막아주길 바랐지만 최악의 결과가 나온 터라 도저히 미소를 지을 수가 없었다.

"알겠습니다."

브랜드 핸드는 침울한 표정으로 에디 그린 감독에게 공을 건넸다. 그리고 잠시 후, 불펜 문이 열리고 케빈 퀘켄버시가 마운드로 내려왔다.

에디 그린 감독에게 공을 건네받은 케빈 퀘켄버시는 곧바로 연습 투구에 들어갔다. 세 개쯤 공을 던진 뒤 마운드의 흙을 고르며 마지막 아웃 카운트를 잡아낼 준비를 했다.

케빈 퀘켄버시가 처음 상대해야 할 타자는 5번 타자 브래드 벨트였다.

대기 타석에서 본 헌터 페이스의 홈런 때문일까. 브래드 벨트의 스윙에 평소보다 커져 있었다.

후웅! 후웅!

브래드 벨트가 방망이를 휘두를 때마다 바람소리가 요란스럽게 들려왔다. 그런 브래드 벨트를 요리하기 위해 크리스티안 베탄코스가 코너를 파고드는 공을 요구했다.

　따악!

　바깥쪽으로 포심 패스트볼을 건드려 파울.

　따악!

　몸 쪽을 파고든 슬라이더를 건드려 파울.

　공 두 개 만에 투 스트라이크를 잡아낸 케빈 퀘켄버시는 마지막 아웃 카운트가 멀지 않았다고 생각했다.

　하지만 브래드 벨트도 호락호락 당하진 않았다. 이를 악물고 유인구를 걸러내며 기어코 풀카운트를 만들어냈다.

　투 스트라이크 쓰리 볼 상황에서 케빈 퀘켄버시와 크리스티안 베탄코스는 유인구로 승부를 보기로 결정을 내렸다. 그리고 브래드 벨트의 몸 쪽으로 낮게 가라앉는 체인지업을 내던졌다.

　따악!

　브래드 벨트는 포심 패스트볼이라 여기고 힘껏 걷어 올렸다. 하지만 타구는 중견수 트레비스 얀키우스키의 글러브에 잡히며 아웃이 되고 말았다.

　"쳇!"

　백투백 홈런을 놓쳤다는 생각에 브래드 밸트가 아쉬움을

터뜨렸다.

하지만 브래드 벨트의 홈런이 아니더라도 경기 분위기는 완전히 자이언츠 쪽으로 넘어와 버렸다.

7회에 다시 4점을 보태며 스코어를 8 대 0까지 만들어 놓았기 때문이다.

남은 파드리스의 공격은 단 두 번. 지금까지 파드리스 타선이 강동원에게 꽁꽁 묶여 있는 걸 감안하면 이변이 없는 한 오늘 경기는 자이언츠의 승리로 끝날 가능성이 높았다.

문제는 강동원의 퍼펙트 달성이었다. 아직까지 진행형인 강동원의 경기는 끝나지 않았다.

글러브를 챙긴 강동원이 8회 초를 막기 위해 다시 마운드에 올랐다.

퍼펙트게임을 의식한 듯 관중들은 숨을 죽였다.

하지만 강동원은 자신이 집중을 한 탓에 관중들의 함성 소리가 들리지 않는다고 생각했다.

'욕심부리지 말자. 최선을 다해서 던지면 그만인 거야.'

한 걸음 한 걸음 내디딜 때마다 강동원은 욕심을 버렸다. 아니, 욕심을 버렸다고 생각했다.

하지만 막상 투구판을 밟고 보니 퍼펙트게임에 대한 욕심이 다시 치밀어 올랐다.

"후우……!"

강동원이 뜨겁게 달궈진 숨을 내쉬었다. 그런 강동원의 지켜보는 중계진도 덩달아 긴장을 감추지 못했다.

42장
퍼펙트Ⅲ

−강동원 선수, 8회 초에도 다시 마운드에 올랐습니다. 개인적으로 긴장이 많이 될 텐데요.

−아마 그럴 겁니다. 이제 단 두 이닝만 막아내면 대기록을 달성할 수 있으니까요.

−일단 이 시점에서 기대할 수 있는 대기록이라고 한다면 두 개가 있겠는데요.

−하나는 앞으로 여섯 개의 아웃 카운트를 실수 없이 잡아내야 하지만 다른 하나는 사사구를 내줘도 상관없습니다.

−실책도 가능하겠죠.

−어쨌든 둘 다 대단한 기록인 건 사실입니다.

−하지만, 두 기록이 주는 느낌은 전혀 다르니까요.

-그래서 강동원 선수에게는 이번 이닝이 가장 중요할 것 같습니다.

-4번 타자부터 시작하는 타순이니까요. 여차하면 큰 걸 허용할 수도 있습니다.

-그렇다고 너무 신중하게 승부하다 보면 볼카운트가 몰리기도 하죠.

-한 가지 다행인 점은 점수 차이가 크게 벌어졌다는 점입니다.

-솔직히 역전 가능성은 없다고 봐야 할 것 같습니다. 하지만 그렇기 때문에 파드리스 타자들이 대기록을 깨는 데 집중할지도 모르겠습니다.

중계 카메라가 슬그머니 마운드 위를 비췄다.

마운드 한가운데서 강동원이 투구판을 밟고 섰다.

강동원의 얼굴은 잔뜩 상기되어 있었다. 의식하지 않으려 해도 퍼펙트게임 중이라는 사실이 자꾸 신경 쓰이는 모양이었다.

연습 투구를 받던 비스트 포지도 걱정스러운 표정을 지었다.

'공이 조금씩 빠지는데.'

비스트 포지는 무리해서 빡빡한 요구를 하지 말아야겠다

고 생각했다.

그리고 초구와 2구 모두 바깥쪽 스트라이크 존을 파고드는 코스로 미트를 들어 올렸다.

하지만 강동원의 초구와 2구는 모두 스트라이크 존을 벗어나 버렸다.

퍼펙트게임을 앞둔 상황에서 4번 타자 윌 마이스를 상대하다 보니 자신도 모르게 어깨에 힘이 들어간 모양이었다.

비스트 포지가 공을 건넨 후 두 팔을 바닥으로 내렸다.

'강! 힘을 빼! 긴장하고 있잖아.'

비스트 포지의 수신호를 확인한 강동원이 멋쩍게 웃으며 고개를 끄덕였다.

스스로도 긴장하고 있다는 사실을 알고 있었다. 그래서 긴장을 풀기 위해 가볍게 어깨도 돌려보았다.

하지만 막상 공을 던지려고만 하면 맞지 말아야겠다는 생각이 치밀었다.

'강동원, 아직 괜찮아. 긴장하지 말자. 의식하지 말자.'

강동원은 계속 스스로에게 주문을 걸었다. 그리고 애써 태연한 눈으로 3구째 사인을 기다렸다.

잠시 고심하던 비스트 포지가 낸 사인은 몸 쪽 커브였다. 초구와 2구, 연속 포심 패스트볼을 보여줬으니 하나쯤 커브를 던져도 나쁘지 않을 거라 판단했다.

강동원이 가볍게 고개를 끄덕였다. 그리고 비스트 포지의 미트를 향해 힘껏 공을 던졌다.

후앗!

강동원의 손끝을 빠져나온 공이 큰 포물선을 그리며 윌 마이스의 몸 쪽을 파고들었다.

'커브!'

윌 마이스는 공의 궤적을 보기가 무섭게 방망이를 돌렸다. 초구와 2구, 두 개의 포심 패스트볼이 빠져 버린 순간부터 윌 마이스의 머릿속에는 커브밖에 없었다.

그런데 생각했던 것보다 커브의 낙폭이 좋았다. 최고 구속 100mile/h에 달했던 포심 패스트볼에 정신이 팔린 탓인지 방망이가 강동원의 커브를 제대로 따라가지 못했다.

'젠장할!'

윌 마이스는 다급히 방망이를 멈춰 세웠다. 아니, 멈춰 세우려 했다. 하지만 가속이 붙은 방망이는 쉽게 멈춰지지 않았다.

그 과정에서 뚝 떨어지던 공이 방망이 손잡이 부분이 걸리는 불상사가 벌어졌다.

딱!

완전히 먹혀 버린 공이 강동원의 앞으로 굴러갔다. 강동원은 느긋하게 앞으로 달려 나가 공을 잡은 후 1루에 던져 첫 번째 아웃 카운트를 만들었다.

"고맙다, 윌 마이스."

강동원은 입가에 미소를 지었다.

가뜩이나 볼카운트가 몰린 상황에서 윌 마이스가 공을 건드려 주지 않았다면 정말 힘든 승부가 될 뻔했다.

"후우……."

마운드로 돌아온 강동원이 길게 숨을 골랐다.

첫 단추를 운 좋게 잘 꿰어서일까. 윌 마이스를 상대하는 내내 주체하기 어려웠던 흥분이 한결 가라앉은 듯한 느낌이 들었다.

강동원이 고개를 들어 타석을 바라봤다. 타석에는 5번 타자 라이언 심플이 들어서 있었다.

라이언 심플은 오늘 강동원이 상대한 파드리스 타자 중에서 유일하게 삼진이 없는 타자였다.

첫 번째 타석에서는 유격수 땅볼로 물러났다. 그리고 두 번째 타석에서는 3루 땅볼로 아웃이 되었다.

'이 녀석만 잡아내면 되는데…….'

비스트 포지는 타석에 선 라이언 심플을 힐끔 보았다. 정상적인 곳에 발을 내딛고 있었다.

비스트 포지는 가능하다면 강동원의 선발 타자 전원 탈삼진 기록을 돕고 싶었다. 물론 메이저리그에서 인정하는 공식

기록은 아니었다.

하지만 퍼펙트게임 같은 대기록에 가장 어울릴 만한 기록이라는 생각이 들었다.

'일단 삼진을 잡는 쪽으로 리드하자.'

비스트 포지가 힘껏 미트를 두드렸다. 이번이 아니면 라이언 심플에게 삼진을 잡을 기회가 없을 것 같았다.

라이언 심플도 강동원에게 퍼펙트로 끌려가고 있다는 사실이 신경 쓰였다. 파드리스의 중심 타자로서 어떻게 해서든지 퍼펙트게임을 저지하고 싶었다.

'안타를 친다. 꼭 치고 말 거야!'

라이언 심플이 방망이를 단단히 움켜쥐었다.

라이언 심플을 힐끔 바라본 뒤 비스트 포지가 가랑이 사이로 손가락을 움직였다.

여느 때처럼 초구는 포심 패스트볼이었다.

코스는 몸 쪽.

설사 노린다 해도 쉽게 때려내기 어려운 코스였다.

사인을 확인한 강동원이 고개를 끄덕였다. 그리고 비스트 포지의 미트를 향해 힘껏 공을 던졌다.

후앗!

강동원의 손끝을 빠져나간 공이 순식간에 홈 플레이트를 가로질렀다.

퍼엉!

묵직한 포구 소리에 이어 구심의 손이 여지없이 올라갔다.

"스트라이크!"

전광판에 찍힌 구속은 98mile/h(≒157.7㎞/h).

"크윽!"

라이언 심플이 질근 입술을 깨물었다. 8회까지 왔으면 힘이 좀 떨어져야 정상인데 강동원은 여전히 펄펄 날아다니고 있었다.

게다가 더 짜증스러운 건 제구까지 정확하다는 점이었다.

"저 녀석 뭐야, 진짜 괴물이라도 되는 거야?"

라이언 심플이 불만스럽게 중얼거렸다. 그러자 비스트 포지가 슬쩍 입꼬리를 들어 올렸다.

"맞아."

"……뭐?"

"저 녀석, 괴물 맞다고."

"쳇!"

라이언 심플이 미간을 찌푸렸다. 비스트 포지의 트래시 토크를 받아줄 만큼 상황이 여유롭지 않았다.

비스트 포지는 별다른 사인 없이 똑같은 자리에 미트를 들었다.

다시 한번 몸 쪽으로 빠르게.

비스트 포지의 속내를 읽은 강동원이 씩 웃더니 힘차게 왼발을 내차며 공을 던졌다.

후앗!

강동원의 손끝을 빠져나간 공이 초구와 거의 비슷하게 날아들었다.

'감힛!'

발끈한 라이언 심플이 이를 악물고 방망이를 돌렸다. 하지만.

퍼엉!

이번에도 공은 방망이보다 빨랐다. 순식간에 홈 플레이트를 지나간 공이 비스트 포지의 미트를 묵직하게 울려 놓았다.

"스트라이크!"

구심이 다시 한번 오른팔을 들어 올렸다.

전광판에는 무려 99mile/h(≒159.3㎞/h)의 구속이 찍혔다.

물론 냉정하게 말해 100mile/h에 미치지 못하는 공이었다. 그리고 그 정도는 메이저리그 타자들이라면 얼마든지 공략이 가능했다.

하지만 100mile/h에 가까운 공이 제구까지 되어 날아든다면 도저히 때려낼 방법이 없었다.

"미치겠네!"

라이언 심플이 타석을 벗어나 중얼거렸다.

퍼펙트게임을 어떻게든 끊어내고 싶은데 타이밍조차 맞추지 못하고 있으니 속이 타들어 갔다. 그렇다고 강동원에게 살살 던져 달라고 애원할 수도 없었다.

'후우…… . 침착하자. 이제 커브가 들어올 거야.'

라이언 심플은 애써 마음을 다잡았다. 그리고 강동원의 3구를 예상했다.

느낌상 십중팔구는 커브가 들어올 것 같았다. 포심 패스트볼을 몸 쪽으로 연달아 두 개 붙여 넣었으니 바깥쪽으로 뚝 떨어지는 커브가 들어 올 가능성이 높아 보였다.

그래서 라이언 심플은 바깥쪽에 모든 초점을 맞췄다.

그러나 정작 강동원의 손끝을 빠져나간 공은.

후앗!

매서운 바람 소리와 함께 날아들더니 그대로 몸 쪽을 날카롭게 파고들었다.

"제길!"

라이언 심플이 이를 악물며 방망이를 돌렸다. 타이밍이 늦긴 했지만 어떻게든 공을 맞혀서 파울을 만들 심산이었다.

그러나 라이언 심플의 스윙은 늦어도 너무 늦었다.

퍼엉!

묵직한 포구 소리가 울려 퍼진 다음에야 방망이는 홈 플레이트 위를 스쳐 지나가 버렸다.

"스트라이크 아웃!"

구심이 더는 볼 것도 없다며 삼진을 선언했다.

전광판에는 다시 99mile/h(≒159.3㎞/h)의 구속이 찍혔다.

"와아아아아아!"

"강! 강! 강! 강!"

관중들이 자리에서 일어나 한목소리로 강동원을 연호
했다.

─강동원 선수, 벌써 15개째 삼진입니다.

─정말 대단한 삼진 페이스입니다. 23번의 아웃 중에 삼진
이 아니었던 건 고작 8번뿐입니다.

─이미 개인 한 경기 최다 탈삼진 기록은 일찌감치 갈아치
웠는데요.

─남은 아웃 카운트가 4개뿐이니 한 경기 최다 탈삼진 기
록을 달성하는 건 무리겠지만 강동원 선수에게는 보다 더 중
요한 기록들이 남아 있으니까요.

─네, 이제 정말 끝이 멀지 않은 것 같습니다.

중계 카메라가 다시 마운드 쪽을 비췄다. 라이언 심플을 3
구 삼진으로 돌려세우며 선발 전원 삼진을 달성한 강동원이

여전한 모습으로 마운드 위에 서 있었다.

그리고 타석에는 6번 타자 자바라 블랙이 들어섰다.

앞선 타자들처럼 자바라 블랙 역시 꼭 치고 말겠다는 각오를 했다.

'계속해서 초구 몸 쪽 패스트볼이야. 초구부터 노린다!'

자바라 블랙은 평소보다 홈 플레이트 쪽에서 반걸음 정도 물러나 자리를 잡았다.

강동원이 겁도 없이 몸 쪽 공을 던진다면 망설이지 않고 힘껏 잡아당길 생각이었다.

그런 자바라 블랙을 비스트 포지가 힐끔 쳐다보았다. 그러고는 슬쩍 입꼬리를 비틀어 올렸다.

'몸 쪽 공을 노리는 것까진 좋은데 그건 너무 노골적이잖아.'

비스트 포지의 손가락이 바쁘게 움직였다. 사인을 받은 강동원이 고개를 끄덕인 후 크게 숨을 들이켰다.

후읍.

이번 이닝의 마지막 아웃 카운트라고 생각하니 다시 심장이 쿵쾅거리기 시작했다.

하지만 강동원은 비스트 포지의 미트만 바라봤다. 크게 왼다리를 들어 올린 뒤 비스트 포지의 미트를 향해 힘껏 공을 내던졌다.

후왓!

강동원의 손끝에서 벗어난 공이 정확하게 자바라 블랙의 몸 쪽으로 날아갔다. 그와 동시에 자바라 블랙이 눈이 반짝였다.

"왔다!"

자바라 블랙은 자신이 기다렸던 몸 쪽 포심 패스트볼이 들어왔다고 생각하며 있는 힘껏 방망이를 돌렸다. 그런데 포심 패스트볼처럼 날아들던 공이 마지막 순간에 뚝 하고 떨어져 버렸다.

'체인지업!'

뒤늦게 구종을 파악한 자바라 블랙이 입술을 깨물며 몸통 회전을 멈추려 했다. 하지만 이미 홈 플레이트 위쪽을 지나 버린 방망이를 되돌릴 수는 없는 노릇이었다.

"크아아!"

자바라 블랙은 마지막 순간에 팔을 쭉 뻗어 파울 타구를 만드는 것으로 전략을 변경했다. 하지만.

따악!

방망이 끝부분에 걸린 타구는 3루 쪽으로 빠르게 굴러가 버렸다.

자이언츠의 3루수 에두아르 누네스가 재빨리 달려들어 공을 잡았다. 그리고 1루로 공을 던졌다.

"아웃!"

1루심의 콜과 함께 세 번째 아웃 카운트가 만들어졌다.

–강! 6번 타자 자바라 블랙을 공 하나로 잡아내며 8회를 마칩니다!

–8회까지 파드리스 타자 중 그 누구도 1루를 밟지 못했습니다!

중계진의 호들갑을 즐기듯 강동원은 당당한 걸음으로 마운드를 내려왔다.

그리고 마지막 세 번째 아웃을 잡아준 에두아르 누네스와 가볍게 글러브를 부딪치며 고마움을 전했다.

–강동원 선수, 어쩌면 대기록을 달성하는 데 가장 어려운 이닝을 잘 넘겼는데요.

–정말 대단합니다. 벌써 8이닝을 소화했는데 1회 때의 모습을 계속해서 이어 나가고 있습니다.

–8회까지 투구 내용을 정리해 보면 투구 수가 77구밖에 되지 않습니다.

–77구면 이닝당 10개의 공도 던지지 않았다는 이야기인데요. 정말 대단한 것 같습니다.

−그런데도 삼진을 무려 15개를 잡아냈거든요.

　−오늘 경기를 보신 분들이라면 자이언츠 팬들이 강동원 선수를 닥터 강이라 부르는 이유를 확실히 알 것 같습니다.

　중계진이 강동원을 극찬하는 동안 중계 카메라가 자연스럽게 전광판을 비추었다. 파드리스의 기록란은 그야말로 0의 행진이 이어지고 있었다.

　−보십시오. 모든 숫자가 0입니다. 그 어느 것 하나 바뀌지 않았습니다.

　−한마디로 완벽한 경기를 펼치고 있다고 봐야겠군요.

　−그렇습니다. 하지만 아직 방심하기에는 이릅니다. 9회가 남아 있거든요.

　−하지만 하위 타선을 상대해야 하니까요. 대기록을 달성할 가능성은 충분해 보입니다.

　−아마 파드리스의 에디 그린 감독은 속이 탈 텐데요.

　−그래도 아직 경기가 끝난 것은 아니니까요. 최소한 대기록의 희생양으로 전락하는 것만큼은 막아야 할 것 같습니다.

　중계 카메라가 다시 파드리스 더그아웃을 비췄다. 에디 그린 감독은 케빈 퀘켄버시를 불러놓고 뭔가 지시를 내리고 있었다.

"내 말 무슨 뜻인지 이해하겠어?"

에디 그린 감독이 확인하듯 물었다. 케빈 퀴켄버시는 떨떠름한 얼굴로 고개를 끄덕였다.

"알겠습니다."

"그래, 어렵게 생각할 것 없어. 안타 하나 맞는 거야. 그렇게만 하면 강동원까지 불러낼 수 있다고."

"알고 있습니다."

"강동원이 타석에 나와도 좋고 다른 타자로 바뀌어도 좋아. 어느 쪽이든 강동원은 영향을 받을 거라고."

"네."

"그렇게 인상 쓰지 말라고. 이대로 저 별것도 아닌 녀석에게 퍼펙트게임을 당할 수는 없잖아."

"네……."

에디 그린 감독의 작전은 간단했다.

자이언츠의 8회 촉 공격은 6번 타자 브래드 크로포트로부터 시작되었다.

만약 케빈 퀴켄버시가 8회를 삼자범퇴로 막아낸다면 자이언츠의 공격은 8번 타자 조 패인에서 끝나고 만다.

그러나 세 명의 타자 중 누구라도 루상에 나간다면 강동원까지 타석에 불러낼 수 있었다.

강동원이 퍼펙트게임을 눈앞에 둔 상황에서 브루스 보체 감독이 강동원을 교체할 가능성은 없다시피 했다. 물론 강동원도 타석에서 최선을 다할 리 만무했다.

하지만 적어도 강동원을 타석에서 불러내서 흔들 수만 있다면 강동원의 집중력도 떨어질 수밖에 없었다. 그 틈을 만들지 못한다면 강동원의 퍼펙트게임을 깨뜨릴 방법이 없었다.

"부탁해."

에디 그린 감독이 케빈 쿼켄버시의 어깨를 두드리며 말했다.

"알겠습니다, 감독님."

케빈 쿼켄버시가 고개를 끄덕이며 몸을 돌렸다. 그리고 어두운 얼굴로 마운드로 향했다.

팀이 큰 점수 차로 지고 있다지만 개인 기록을 희생하면서까지 에디 그린 감독의 치졸한 작전에 동조해야 한다는 사실이 편치 않은 모양이었다.

그러나 자이언츠 타자들도 바보는 아니었다.

"이봐, 다들 알지?"

"그럼!"

"물론이지!"

"어차피 한 타석이야. 지금은 강의 퍼펙트게임만 신경 쓰자고."

"그래, 강이 아니었다면 자이언츠가 이만큼 좋은 성적을 내지도 못했으니까."

"미리미리 강에게 잘 보이자고. 저 녀석. 머잖아 자이언츠의 에이스가 될 거야."

"나도 같은 생각이야. 강은 그럴 재능이 충분하다고."

"그렇다면 좋아. 강이 타석에 들어서는 일이 없도록, 알아서 최선을 다하자.

"그래, 좋았어!"

에두아르 누녜스, 조 패인과 은밀한 대화를 마친 뒤 6번 타자 브래드 크로포트가 타석에 들어섰다.

케빈 퀴켄버시는 에디 그린 감독의 지시대로 한가운데로 포심 패스트볼을 던져 주었다.

에디 그린 감독은 안타를 맞으라고 했지만 차라리 홈런을 내주는 편이 낫다고 여겼다.

괜히 루상에 주자를 남겨놓은 상황에서 더블플레이라도 나왔다간 강동원을 타석에 끌어내겠다는 계획이 수포로 돌아갈 수 있기 때문이었다.

그런데 정작 브래드 크로포트는 꿈쩍도 하지 않았다. 그냥 멍하니 그 공을 흘려보냈다.

"스트라이크."

구심이 가볍게 오른팔을 들어 올렸다.

'뭐야? 왜 안 친 거야?'

케빈 쿼켄버시는 고개를 갸웃거렸다. 특별히 빠르지도 않은, 타자라면 누구나 욕심낼 한가운데로 들어가는 평범한 공이었다.

그런데 그것을 장타력을 갖춘 브래드 크로포트가 놓쳤다는 게 솔직히 납득이 가질 않았다.

'설마 다른 꿍꿍이가 있는 건가?'

케빈 쿼켄버시는 마음 같아서 또다시 한복판으로 공을 던져 보고 싶었다.

하지만 그랬다간 에디 그린 감독의 작전이 들통날 가능성이 높았다.

그래서 케빈 쿼켄버시는 2구째 몸 쪽으로 밋밋한 체인지업을 던졌다.

포심 패스트볼을 정말 놓친 거라면 체인지업을 치려고 달려들 거라 여겼다.

예상대로 브래드 크로포트는 방망이를 돌렸다. 하지만.

따악!

타구는 방망이 끝에 걸려 3루 측 파울라인 밖으로 벗어나고 말았다.

"젠장, 이게 아닌데."

케빈 쿼켄버시가 눈매를 일그러뜨렸다.

가급적이면 브래드 크로포트에게 얻어맞아야 뒷말이 없을 것 같았는데 오히려 투 스트라이크를 잡아버렸으니 당혹스럽기만 했다.

"좋아, 그렇다면……."

케빈 쿼켄버시가 길게 숨을 골랐다. 그리고 3구째 한복판으로 느린 커브를 내던졌다.

설사 커브를 노리지 않았다 하더라도 정신만 차리면 충분히 때려낼 수 있는 공이었다.

그런데 브래드 크로포트는 그 커브에 요란하게 헛스윙을 하며 삼진을 당하고 말았다.

"크으, 공이 너무 좋잖아."

브래드 크로포트가 어처구니없는 변명을 중얼거리며 더그아웃으로 물러났다.

하지만 자이언츠 선수 중 누구도 브래드 크로포트의 삼진을 비난하지 않았다. 벤치에 앉은 브래드 크로포트의 표정도 더없이 밝았다.

브래드 크로포트에 이어 타석에 들어선 7번 타자 에두아르 누네스도 똑같은 전략을 취했다. 케빈 쿼켄버시가 3구 연속 칠 만한 공을 던져 줬지만 초구와 2구째 공을 지켜본 뒤 3구를 크게 헛치며 더그아웃으로 몸을 돌렸다.

"이 자식들이 설마……!"

뒤늦게 자이언츠 타자들의 계획을 알아챈 케빈 쿼켄버시가 이맛살을 찌푸렸다. 그리고 8번 타자 조 패인을 사사구로 내보내기 위해 초구에 바깥쪽으로 빠지는 공을 내던졌다.

퍼엉!

케빈 쿼켄버시의 손끝을 빠져나간 공이 스트라이크 존을 크게 벗어났다.

조 패인이 어떻게든 공을 때려보려 했지만 시작부터 워낙 크게 벗어나 버린 터라 방망이를 돌릴 수가 없었다.

그러자 관중석에서 야유가 터져 나왔다.

"이 자식! 지금 뭐 하는 거야!"

"그따위로 공을 던질 거면 집어치우라고!"

관중들도 바보는 아니었다. 케빈 쿼켄버시가 대놓고 볼질을 해댄다면 강동원이 타석에 들어설 수밖에 없다는 사실을 다들 알고 있었다.

자이언츠의 브루스 보체 감독도 가만있지 않았다. 어지간해서는 타자들에게 맡기려 했지만 파드리스 벤치의 꼼수를 더는 봐줄 수가 없을 것 같았다.

"조! 괜찮으니까 헛스윙을 해버려!"

브루스 보체 감독의 목소리를 들은 조 패인이 씩 웃으며 타석에 들어섰다. 그리고 2구째 또다시 바깥쪽으로 빠져나가는 공을 향해 크게 헛스윙을 했다.

"젠장할!"

자연스럽게 에디 그린 감독의 얼굴이 와락 일그러졌다. 이대로 조 패인만 내보낸다면 강동원을 타석에 내세울 수 있는데 그 계획이 수포가 되어버린 것이다.

투수와 타자의 대결에서 결정권은 타자가 쥐고 있다. 물론 투수가 공을 던지지 않는다면 대결 자체가 성립되지 않지만 투수가 던진 모든 공을 타자가 헛쳐 버린다면 투수는 타자를 루상에 내보낼 수가 없었다.

물론 방법이 아예 없는 건 아니었다. 타자가 치지 못하도록 아예 몸에 맞혀 버리는 방법은 남아 있었다.

하지만 그 경우 벤치 클리어링과 야구팬들의 비난을 각오해야 했다.

그리고 몸에 맞는 상황에서도 타자가 방망이를 돌린다면 사구도 성립이 되지 않았다.

"후우……."

에디 그린 감독이 길게 한숨을 내쉬었다. 파드리스의 감독이기 이전에 야구인으로서 그렇게까지 치졸하게 나가고 싶진 않았다.

그러나 자존심이 걸린 막스 맥과이어 벤치 코치는 달랐다.

'그냥 맞혀 버려!'

에디 그린 감독을 대신해 곧바로 조 패인을 맞추라는 지시를 내렸다.

하지만 케빈 쿼켄버시는 그렇게까지 하고 싶지 않았다.

"그건 아닌 거 같아요, 코치."

케빈 쿼켄버시가 고개를 흔들며 거부의사를 밝혔다. 같은 투수로서 강동원의 대기록을 망치고 싶진 않았다.

결국 벤치 사인을 무시한 채 케빈 쿼켄버시는 8번 타자 조 패인을 삼진으로 잡아내고 마운드를 내려갔다.

그렇게 강동원을 타석에 끌어내겠다는 파드리스 벤치의 계획은 수포로 돌아갔다.

그리고 대망의 9회 초가 찾아왔다.

모두가 숨죽인 가운데 강동원이 천천히 마운드에 올랐다. 경기장은 정적에 휩싸여 있었다. 마치 관중이 단 한 사람도 없는 것 같았다.

평소처럼 마운드를 고른 뒤 강동원은 연습 투구에 들어갔다. 구심은 비스트 포지에게 시간을 충분히 주겠다고 말했다.

하지만 강동원은 4개의 연습구를 던진 후 시작하겠다는 사인을 보냈다.

잠시 후 타석에 파드리스의 7번 타자 루이스 사다스가 타석에 들어섰다. 그러자 에디 그린 감독이 잔뜩 인상을 쓰며 말했다.

"어떻게든 쳐! 안타를 치란 말이야."

루이스 사다스도 이를 악물고 방망이를 들어 올렸다. 대기 타석에 서 있던 8번 타자 크리스티안 베탄코스도 자리에서 일어나 강동원의 공에 타이밍을 맞췄다.

"반드시 쳐야 해. 반드시!"

에디 그린 감독이 질근 입술을 깨물었다. 다른 투수도 아니고 이제 메이저리그 첫 풀타임 시즌을 보내는 강동원에게 퍼펙트게임을 당한다는 건 자존심상 용납이 되지 않았다.

그러나 루이스 사다스의 타석은 쉽지 않아 보였다.

펑!

루이스 사다스는 초구에 바깥쪽을 파고드는 포심 패스트볼을 그냥 지켜보았다.

전광판에 찍힌 구속은 무려 98mile/h(≒157.7km/h).

3회 때 봤던 포심 패스트볼과 다름없는 공이 들어오니 방망이를 내밀 엄두가 나지 않았다.

초구 스트라이크를 잡아낸 강동원은 공을 건네받은 후 곧바로 투구 동작에 들어갔다. 파드리스 벤치에서 무슨 짓을 저지를지 모르다 보니 시간을 끌고 싶지 않았다.

비스트 포지도 곧바로 사인을 보냈다.

'자, 이거다!'

'바깥쪽 커브?'

'그래. 분명 빠른 공에 초점을 맞추고 있을 테니까 하나 찔러 넣어.'

사인을 확인한 강동원이 고개를 끄덕였다. 그리고 오스틴 번의 요구대로 미트를 향해 힘차게 공을 던졌다.

후앗!

강동원의 손끝을 떠난 공이 바깥쪽으로 날아왔다. 그러자 루이스 사다스가 망설이지 않고 방망이를 돌렸다.

'친다!'

루이스 사다스는 구종에 상관없이 바깥쪽 공은 무조건 칠 생각을 가졌다.

하지만 그것은 루이스 사다스의 욕심이었다. 큰 포물선을 그리며 날아든 강동원의 전매특허, 커브는 노리고 있어도 때려내기 어려운 구종이었다.

그 공을 향해 무턱대고 방망이를 내밀었으니 허무하게 허공을 가를 수밖에 없었다.

전광판 스트라이크 램프에 두 번째 불이 들어왔다.

투 스트라이크 노 볼.

"크으……."

순식간에 궁지에 몰려 버린 루이스 사다스가 황망히 타석을 벗어났다.

'초구를 어떻게든 때렸어야 했어.'

루이스 사다스는 초구를 놓친 게 아쉬웠다. 초구만 공략했더라도 이렇게까지 볼카운트가 몰리지는 않았을 거라 생각했다.

'아니지, 아니야. 지금은 후회할 시간이 없어.'

루이스 사다스가 방망이로 자신의 헬멧을 툭툭 때렸다. 그리고 강동원이 3구째 무엇을 던질지 고민해 보았다.

초구에 포심 패스트볼이 들어왔고 2구째 느린 커브가 들어왔으니 3구는 당연히 빠른 공이 들어올 가능성이 높았다.

하지만 그렇다고 해서 커브를 아예 머릿속에서 지울 수는 없었다. 볼카운트가 원 스트라이크였다면 빠른 공 하나에 초점을 맞췄겠지만 투 스트라이크 상황이었다. 더는 배짱을 부릴 여유가 없었다.

'차라리 커브가 하나 더 들어온다면 좋겠는데.'

타석에 들어서며 루이스 사다스가 길게 숨을 내쉬었다.

연속해서 커브가 들어온다면, 그리고 그 공을 어떻게든 걷어낸다면 4구째 빠른 공이 들어올 가능성이 그만큼 높아질 수밖에 없었다.

루이스 사다스가 매서운 눈으로 강동원을 노려봤다. 그 뒤에 대기 타석에 있는 크리스티안 베탄코스도 타격 자세를 잡으며 강동원의 투구 타이밍을 잡고 있었다.

그러나 비스트 포지는 눈 하나 까딱하지 않았다.

'강, 이 녀석들은 무시하고 3구는 여기에 던지라고.'

비스트 포지는 별도의 사인을 내지 않고 그냥 포수 미트를 들어 올렸다. 강동원에 대한 무한한 신뢰가 없이는 불가능한 요구였다.

또한 강동원이 어떤 공을 던지더라도 받아낼 자신이 있다는 뜻이기도 했다.

'포지도 참.'

강동원이 피식 웃으며 고개를 끄덕였다. 비스트 포지가 내민 미트는 타자의 허리 옆쪽에 붙어 있었다.

별도의 사인이 없으니 바로 승부를 가져갈지, 아니면 유인구를 던질지는 강동원이 판단할 몫이었다.

'너무 서두르면 탈이 나니까.'

마음속으로 공의 궤적을 그린 뒤 강동원이 비스트 포지의 미트를 향해 힘껏 공을 던졌다.

후앗!

강동원의 손끝을 빠져나간 공이 비스트 포지의 미트 위치보다 살짝 높이 날아들었다.

그러자 비스트 포지가 당황하지 않고 미트를 들어 올리며 공을 받아냈다.

펑!

묵직한 포구 소리가 경기장에 울려 퍼졌다.

전광판에 찍힌 구속은 97mile/h(≒156.1㎞/h).

움찔 놀라 몸을 피했던 루이스 사다스가 혀를 내두를 정도였다.

하지만 다행히도 구심은 볼을 선언했다. 비스트 포지가 마지막에 공을 찍어 누른 걸 프레이밍으로 판단한 모양이었다.

"후우······."

십년감수한 루이스 사다스가 길게 숨을 골랐다. 그리고 한참 동안 4구를 예측한 뒤 조심스럽게 타석에 들어섰다.

그 순간.

후앗!

강동원이 힘차게 공을 내던졌다.

이번에는 바깥쪽으로 흘러 나가는 공이었다.

그러나 투 스트라이크 원 볼에 몰린 루이스 사다스의 눈에는 스트라이크처럼 보이는 공이었다.

그런데 그 공을 루이스 사다스는 멍하니 지켜보았다.

포심 패스트볼-커브-포심 패스트볼 순서로 공이 날아왔으니 이번에는 커브나 체인지업이 들어올 것이라고 판단을 내린 것이다.

게다가 이번에도 구심은 공이 살짝 빠졌다고 선언했다.

퍼펙트게임을 앞두면서 구심의 긴장도 높아진 것이다.

"쳇, 갑자기 빡빡하시네."

비스트 포지가 쓴웃음을 지었다.

그렇다고 9회, 단 세 개의 아웃 카운트를 남겨놓은 상황에서 구심과 입씨름을 할 수는 없는 노릇이었다.

"괜찮아, 강! 잘 던졌어!"

비스트 포지가 강동원에게 공을 던져 주며 크게 소리쳤다.

강동원도 피식 웃었다.

전광판에 찍힌 구속은 98mile/h에 달했다. 게다가 원하는 코스로 공을 집어넣었으니 아쉬워할 필요는 없었다.

'이걸 참아내다니. 루이스 사다스도 대단한걸?'

강동원이 처음으로 루이스 사다스와 똑바로 눈을 마주쳤다. 타석에 서서 방망이를 단단히 들어 올린 모습이 벼랑 끝에 몰린 투사처럼 느껴졌다.

너 죽고 나 죽자고 달려드는 상대에게 무작정 덤벼드는 건 능사가 아니었다.

그러나 비스트 포지는 더 이상 볼을 늘릴 생각이 없었다.

'강! 여기서 끝내자!'

비스트 포지가 미트를 들어 올렸다. 그리고 곧바로 파워 커브 사인을 꺼내들었다.

사인을 확인한 강동원이 살짝 눈을 치떴다. 오늘 경기에서 파워 커브는 거의 사용하지 않았다.

워낙에 포심 패스트볼이 좋다 보니 포심 패스트볼과 느린 커브의 사이에 놓인 파워 커브를 쓸 필요가 없었던 것이다.

그러나 9회, 마지막 이닝을 앞둔 상황에서 굳이 구종을 아낄 필요는 없었다.

파워 커브가 낯선 것도 아니고 강동원을 대표하는 양대 커브 구종이라면 결정적인 순간에 사용해 줄 필요가 있었다.

'자, 몸 쪽이다!'

비스트 포지가 미트를 팡팡 두드린 뒤 미트를 루이스 사다스의 옆구리 쪽에 가져다 붙였다.

강동원은 단단히 고개를 끄덕였다. 그리고 길게 숨을 골랐다.

투 스트라이크 투 볼. 스트라이크 하나면 스물다섯 번째 아웃 카운트를 잡아낼 수 있다고 생각하니 다시 심장이 쿵쾅거렸다.

이런 순간에 포심 패스트볼과 커브, 둘 중 하나를 던져야 한다면 역시나 커브를 던지고 싶었다.

포심 패스트볼이 100mile/h(≒160.9㎞/h)까지 찍히긴 했지만 그래도 메이저리그 팬들에게는 메이저리그 최고의 커브를 던지는 투수로 기억되고 싶었다.

'포지는 날 너무 잘 안다니까.'

강동원은 글러브 속에서 공을 단단히 움켜쥐었다.

그리고 비스트 포지의 미트를 향해 힘차게 공을 내던졌다.

후앗!

강동원의 손끝을 빠져나간 공이 루이스 사다스의 몸 쪽으로 빠르게 날아들었다.

그러자 루이스 사다스가 곧바로 방망이를 움직였다. 느낌상 포심 패스트볼이 날아들었다고 판단한 것이다.

물론 루이스 사다스가 노린 공은 포심 패스트볼이 아니라 변화구 계열이었다.

커브, 혹은 체인지업.

빠른 공에 전혀 타이밍을 맞추지 못하고 있으니 차라리 변화구라도 들어오면 살 것 같았다.

하지만 투 스트라이크 투 볼 상황에서 스트라이크 존으로 들어오는 빠른 공을 그냥 내버려 둘 수는 없는 노릇이었다.

'젠장! 맞아라! 맞으라고!'

루이스 사다스가 이를 악물며 허리를 돌렸다. 그렇게 하면 공이 방망이 끝부분에라도 걸려줄 것 같았다.

그러나 포심 패스트볼처럼 날아들다가 마지막 순간에 뚝 하고 가라앉아 버린 공은 그대로 루이스 사다스의 시야 밑으로 사라져 버렸다.

참을 필요 없었다. 그의 방망이가 곧바로 돌아갔다. 정확하게 날아오는 공을 보았다. 방망이가 공을 때리려고 하는 찰나 갑자기 공이 뚝 떨어졌다.

"크아아아!"

허무하게 돌아가는 방망이를 바라보며 루이스 사다스가 악을 내질렀다.

그러나 스스로만 볼썽사나워질 뿐 달라지는 건 아무것도 없었다.

그렇게 강동원은 16개째 삼진을 잡아냈다.

투구 수는 82구.

남은 아웃 카운트는 단 두 개였다.

-강! 강! 가아앙! 루이스 사다스를 빠른 공으로 잡아냅니다!

-벌써 삼진만 16개째인데요.

-대단한 선수입니다. 만약 오늘 경기에서 대기록이 작성된다면 메이저리그 역사에 아마 강동원 선수가 경기를 지배했다고 기록될 것 같습니다.

-지배했다는 표현, 마음에 드네요. 확실히 요즘은 한 경기를 지배하는 투수들이 거의 보이지 않으니까요.

-완투를 하는 경우도 많지 않죠. 그런 점에서 자이언츠는 정말 대단한 재능을 가진 투수를 데려온 것 같습니다.

-제가 구단주였다면 강동원을 데려온 스카우터에게 두둑

한 보너스를 지급했을 것 같습니다.

–아마 지금쯤 두둑한 보너스가 입금되지 않았을까요? 아마 강동원의 영입과 관련된 모든 직원이 받았을 것 같은데요.

–그만큼 올 시즌, 강동원의 활약은 대단합니다. 전반기에만 9승을 거두었고, 지금 10승째를 눈앞에 두고 있습니다.

–후반기에 살짝 주춤하면서 벌써 한계에 다다랐다는 말들이 나돌았습니다만 강동원 선수. 오늘 경기를 통해 모든 우려를 불식시켜 버렸습니다.

–이제 경기 종료까지 남은 아웃 카운트는 두 개입니다.

–그리고 그 두 개를 지금까지처럼만 잡아낸다면 강동원은 대단한 기록을 작성하게 됩니다.

–그 대기록을 작성하기 위해서는 아무래도 동료들의 도움이 필요할 것 같은데요.

–물론입니다. 포수인 비스트 포지는 말할 것도 없고 내야수, 외야수 모두 정신을 집중해야 합니다.

중계 카메라가 자이언츠 수비수들을 하나씩 비췄다. 외야수들은 물론이고 내야수들까지 긴장된 얼굴을 감추지 못했다.

그사이 8번 타자 크리스티안 베탄코스가 대기 타석을 나와 타석에 들어섰다. 그때 에디 그린 감독으로부터 사인이 나왔다.

"젠장할."

사인을 확인한 크리스티안 베탄코스가 미간을 일그러뜨렸다.

번트.

그것도 기습 번트.

욕을 먹을 각오를 하고 강동원의 대기록을 끊으라는 이야기였다.

만약 다른 타자들 같았다면 쉽게 고개를 끄덕거리지 못했을 것이다.

하지만 크리스티안 베탄코스는 포수였다. 에이스인 루이스 페르도르를 제대로 리드하지 못해 경기 분위기를 자이언츠 쪽으로 내줬다는 자책감을 가질 수밖에 없었다.

'그래, 대자. 까짓것, 이렇게라도 팀에 도움이 되자.'

크리스티안 베탄코스가 결의에 찬 얼굴로 타석에 들어섰다. 그리고 강동원의 초구가 몸 쪽으로 들어오자 곧바로 기습번트를 댔다.

딱!

둔탁한 소리가 경기장에 울렸다.

그 순간 강동원과 3루수 에두아르 누네스가 화들짝 놀라며 홈 플레이트 쪽으로 달려 나왔다.

방망이 밑동에 걸린 타구는 3루 쪽 파울라인을 타고 데굴데굴 굴러갔다. 그사이 크리스티안 베탄코스는 전력질주를 하며 1루로 내달리고 있었다.

3루수 에두아르 누네스는 맨손으로 공을 잡고 송구하려 했다. 하지만 뒤늦게 마스크를 벗고 달려 나온 비스트 포지의 판단은 달랐다.

"누네스! 잡지 마!"

다급한 목소리에 3루수 에두아르 누네스가 뻗었던 손을 거두었다. 그리고 잠시 후.

두르르륵. 툭.

파울라인을 타고 가던 공이 돌멩이에 걸려 라인 밖으로 굴러 나갔다.

그 순간을 놓치지 않고 에두아르 누네스가 냉큼 공을 주웠다. 그러자 자세를 낮추고 선상을 노려보던 구심이 양팔을 들어 파울을 선언했다.

"젠장할!"

1루로 뛰어가던 크리스티안 베탄코스가 몸을 돌려 다시 타석으로 돌아왔다. 그런 크리스티안 베탄코스를 향해 자이언츠 홈 관중들이 야유를 쏟아냈다.

"우우우우우!"

"집어치워!"

"비겁하다!"

"그렇게 해서라도 나가고 싶더냐!"

크리스티안 베탄코스가 한참 만에 타석에 들어섰다.

충분히 숨을 골랐다고 생각했지만 쉴 새 없이 쏟아지는 관중들의 야유 때문일까. 크리스티안 베탄코스는 반쯤 기가 꺾여 있었다.

중계석도 크리스티안 베탄코스에 대한 비난을 아끼지 않았다.

-크리스티안 베탄코스, 무슨 의미로 번트를 댔던 걸까요?

-저건 매너 있는 플레이가 아니죠.

-맞습니다. 적어도 메이저리그 선수라면 저렇게 해서는 안 됩니다.

-정정당당히 맞서야 합니다. 저런 식으로 하면 팬들이 메이저리그를 볼 이유가 없죠.

-아무리 강의 퍼펙트게임을 막고 싶다 하더라도 저런 식의 플레이는 그 누구에게도 도움이 되지 않습니다.

-아무래도 크리스티안 베탄코스가 스스로 내린 판단은 아닌 것 같은데요.

-십중팔구 벤치에서 사인이 나왔을 겁니다.

–파드리스, 앞선 8회 말부터 승리가 아닌 강동원의 퍼펙트게임을 무산시키기 위해 최선을 다하는 느낌입니다.

"젠장할, 저게 빠지다니."

크리스티안 베탄코스의 번트 실패에 아쉬워하던 에디 그린 감독도 더 이상 번트 작전을 강행하지 않았다.

막스 맥과이어 벤치 코치가 이번에는 분명 통할 거라고 말했지만 에디 그린 감독은 고개를 저었다.

"수비수들의 움직임을 봐. 괜히 번트를 댔다간 아웃 카운트만 늘어날 거야."

기습 번트는 말 그대로 기습적으로 시도했을 때 의미가 있었다.

상대가 번트를 댈지도 모른다고 수비수들이 마음의 준비를 하는 순간 기습 번트의 묘미는 사라질 수밖에 없었다.

벤치에서 강공으로 사인을 바꾸자 크리스티안 베탄코스도 한결 가벼운 얼굴로 타석에 들어설 수 있었다.

하지만 정작 강동원은 자신을 농락한 크리스티안 베탄코스에게 일말의 자비도 베풀어줄 마음이 없었다.

"어디, 또 번트를 대봐."

비스트 포지의 사인을 받은 뒤 강동원이 힘차게 투구판을 박차고 나갔다.

퍼엉!

몸 쪽을 날카롭게 파고든 포심 패스트볼이 단숨에 비스트 포지의 미트에 파묻혔다.

전광판 구속은 98mile/h(≒157.7㎞/h).

순식간에 볼카운트가 투 스트라이크로 변했다.

"젠장할!"

크리스티안 베탄코스가 입술을 깨물며 방망이를 들어 올렸다.

이렇게 된 이상 스트라이크 존을 최대한 넓게 보며 눈에 들어오는 공을 전부 때려내야만 했다.

'어디 그게 말처럼 쉬울까?'

크리스티안 베탄코스의 굳어진 얼굴을 바라보며 비스트 포지가 바깥쪽 사인을 냈다.

구종은 포심 패스트볼.

강동원은 군말 없이 투구판을 박차고 나갔다.

후앗!

강동원의 손끝을 빠져나간 공이 단숨에 홈 플레이트를 지나 미트에 파묻혔다.

크리스티안 베탄코스가 움찔하고 어깨를 떨어봤지만 그뿐. 99mile/h(≒159.3㎞/h)에 달하는 포심 패스트볼의 위력에 그대로 스탠딩 삼진을 당하고 말았다.

-강! 루이스 사다스에 이어 크리스티안 베탄코스까지 삼진으로 돌려세웁니다!

-연속 삼구 삼진! 벌써 17번째 탈삼진입니다. 자이언츠의 닥터 K가 오늘 다시 한번 일을 냅니다!

-오늘 경기 마지막 아웃 카운트를 앞두고 있는데요. 투구 수는 아직도 85구에 불과합니다.

-이닝당 채 10개의 공도 던지지 않았다는 이야기인데요.

-이 정도 피칭을 고작 메이저리그 2년 차 선수가 해낼 수 있다는 사실이 그저 놀랍기만 합니다.

중계진은 일부러 대기록이라는 표현을 아꼈다. 마지막 아웃 카운트 하나를 남겨놓은 상황에서 부정을 탈지도 모른다고 판단했다.

7회 이후 강동원이 아웃 카운트를 늘릴 때마다 전광판을 비추던 중계 카메라도 이번만큼은 조용히 타석을 비췄다.

강동원의 퍼펙트게임을 막기 위해 파드리스 벤치는 대타 카드를 꺼내들었다.

에디 그린 감독의 선택은 윌 케이슨.

마이너리그에서 올라온, 파드리스 미래의 리드오프라 불리는 기대주였다.

윌 케이슨은 방망이를 들고 좌타석에 들어섰다. 스위치히

터지만 좌타석에서 정확도가 더 높은 편이었다.

게다가 윌 케이슨은 마이너리거답게 패스트볼에 엄청 강했다. 파드리스 내부에서는 패스트볼 킬러라 불릴 정도였다.

윌 케이슨이 타석에 들어서자 경기 분위기가 바뀌었다. 다른 타자들은 강동원에게 한 차례 이상 삼진을 당했던 반면 윌 케이슨은 이번이 첫 타석이었다. 강동원에 대한 두려움이 전혀 없었다.

하지만 강동원은 눈 하나 까딱하지 않았다.

이런저런 형용어구로 잔뜩 포장해 봐야 메이저리그와 마이너리그를 오가는 처지에 불과했다.

메이저리그 붙박이 선발 투수로서 겁을 낼 상대는 전혀 아니었다.

"후우……."

길게 숨을 내쉬며 강동원이 비스트 포지를 바라봤다.

초구 사인은 몸 쪽 포심 패스트볼.

윌 케이슨의 스카우팅 리포트를 한 번이라도 읽어봤다면 절대 선택하지 않았을 코스였다.

하지만 강동원은 군말 없이 고개를 끄덕였다. 그리고 비스트 포지의 미트를 향해 힘껏 공을 내던졌다.

후앗!

강동원의 손끝을 빠져나간 공이 곧장 윌 케이슨의 몸 쪽으로 파고들었다.

그러자 윌 케이슨이 망설이지 않고 방망이를 돌렸다.

따악!

방망이 안쪽에 걸린 타구가 뻗으며 1루 측 관중석으로 떨어졌다. 전광판 구속은 97mile/h.

"이 정도쯤이야."

윌 케이슨이 자신만만한 얼굴로 타석에 복귀했다. 심판에게서 공을 건네받은 강동원도 피식 웃고는 로진백을 주무른후 마운드에 올랐다.

"후우……."

손에 묻은 로진을 입김으로 가볍게 분 후 강동원은 2구 사인을 기다렸다.

비스트 포지는 망설이지 않고 손가락을 움직였다.

코스는 몸 쪽.

구종은 포심 패스트볼.

다시 한번 힘으로 윌 케이슨을 찍어 누르자는 이야기였다.

강동원은 군말 없이 고개를 끄덕였다. 그리고 비스트 포지의 미트를 향해 힘차게 공을 내던졌다.

후앗!

강동원의 손끝에서 떠난 공이 여지없이 윌 케이슨의 몸 쪽을 파고들었다.

웰 케이슨도 가만히 있지 않았다. 또다시 방망이를 내돌려 공을 맞혔다.

따악!

둔탁한 소리와 함께 타구가 3루 라인 선상으로 총알같이 날아갔다.

순간 관중들이 다 같이 헛바람을 삼켰다. 하지만 3루심은 양팔을 벌려 타구가 파울 선상을 벗어났음을 선언했다.

"쳇, 이건 아까운데."

파울 타구를 바라보며 웰 케이슨이 아쉽다는 표정을 지었다.

다른 타자들이 쩔쩔매는 강동원의 포심 패스트볼에 타이밍을 맞춰 나가고 있긴 하지만 투 스트라이크라는 볼카운트가 부담스럽게 다가왔다.

반면 마운드에 선 강동원은 여유로웠다.

여차하면 퍼펙트게임이 깨질 것 같은 분위기 속에서도 입가에 미소를 잃지 않았다.

"어쨌든 투 스트라이크라 이거야."

강동원이 투구판을 밟고 비스트 포지를 바라보았다.

비스트 포지의 3구 사인은 이번에도 몸 쪽 포심 패스트볼이었다.

강동원은 그럴 줄 알았다며 씩 웃었다.

솔직히 마이너리그에서 올라온 타자들은 대부분 수준급 변화구에 약했다. 그래서 투 스트라이크를 잡아놓은 뒤라면 변화구 승부를 펼치는 게 정석이었다.

하지만 비스트 포지는 그러지 않았다. 오히려 포심 패스트볼로 윽박질러 삼진을 잡자고 제안했다.

강동원도 비스트 포지와 같은 생각이었다. 자신의 공을 맞혀냈다고 오만한 표정을 짓고 있는데 윌 케이슨에게 메이저리그의 포심 패스트볼이 어떤지 새삼 깨닫게 해주고 싶었다.

"후우……."

길게 숨을 고른 뒤 강동원이 천천히 투구 동작에 들어갔다.

키킹.

스트라이드.

몸통 회전.

릴리스.

일련의 연결 동작이 군더더기 없이 이루어졌다.

후앗!

강동원의 손끝에서 빠져나간 공은 비스트 포지가 내민 미트를 향해 정확하게 날아갔다.

"어딜!"

윌 케이슨이 이를 악물고 방망이를 돌렸다. 3구 연속 몸 쪽 포심 패스트볼을 던진다는 건 자신을 우습게 여긴다는 소리나 다름없었다.

후웅!

번개같이 내돌린 윌 케이슨의 방망이가 단숨에 홈 플레이트를 훑고 나왔다.

하지만 애석하게도 방망이에 맞혀내야 할 공이 눈에 보이지 않았다.

애석하게도 공은 윌 케이슨의 방망이보다 한발 앞서서 홈 플레이트를 지나간 뒤였다.

퍼엉!

묵직한 포구 소리가 귓가에 울렸다. 동시에 자신만만하던 윌 케이슨의 얼굴이 와락 일그러졌다

"스트라이크 아웃!"

구심이 기다렸다는 듯이 길고 긴 경기의 끝을 알렸다.

"크아아아!"

강동원이 두 팔을 벌리며 포효했다. 비스트 포지도 포스 마스크를 벗어 던진 뒤 강동원에게 달려갔다.

"강!"

"포지!"

강동원과 비스트 포지가 마운드 위에서 얼싸안았다. 그 주변으로 자이언츠의 선수들이 우르르 달려 나왔다.

43장
우승을 향해 Ⅰ

1

어두컴컴한 거실에 불이 켜졌다. 지칠 대로 지친 강동원이 다리를 거의 질질 끌다시피 하며 들어왔다.

"후우……!"

땅이 꺼져라 한숨을 내쉰 뒤 강동원은 가방을 내동댕이치 듯 내려놓은 후 소파에 그대로 몸을 눕혔다.

그 상태로 눈을 감은 채 한동안 꿈쩍도 하지 않았다.

자연스럽게 바로 조금 전까지 있었던 일들이 눈앞을 스쳐 지나갔다.

"강! 강!"

"축하해! 오늘 정말 최고였어!"

"강! 이리와 봐! 나하고 기념사진 한 장 찍자!"

"내가 먼저야! 강! 내 쪽으로 오라고!"

클럽 하우스에서 강동원은 자이언츠 동료들과 돌아가며 사진을 찍었다.

선수들뿐만 아니라 브루스 보체 감독과 코치들, 구단 직원들까지 전부 다가와 강동원과 포즈를 취했다. 덕분에 하도 웃느라 입가에 경련이 일 정도였다.

그렇게 동료들의 축하 세례에서 벗어나자 언론들이 기다렸다.

"강! 오늘 퍼펙트게임을 달성한 소감이 어때요?"

"강! 마지막 공을 던졌을 때 어떤 생각을 했나요?"

"개인적으로 언제쯤 퍼펙트게임을 달성할 수 있을 것 같았나요?"

"강! 질문 하나만 할게요!"

"강! 이쪽이요!"

평소 길어야 삼십 분 남짓 이어지던 질문들이 무려 세 시간 가까이 계속됐다.

좀처럼 끝나지 않는 인터뷰에 강동원은 중간에 소변을 보기 위해 두 번이나 자리에서 일어나야만 했다.

언론과 인터뷰를 마치고 구장을 나서자 밤늦게까지 자신을 기다리던 팬들이 다가왔다.

"강! 우리의 영웅!"

"사인 한 장만 해줘요!"

"저도요! 강을 네 시간이나 기다렸다고요!"

"강! 사진 찍어도 괜찮죠?"

강동원은 지친 기색을 숨기고 백여 명의 팬과 전부 사진을 찍어주었다.

강동원과 사진을 찍을 수 있다는 소식이 SNS를 통해 퍼지면서 근방에 있던 백여 명의 팬이 추가로 모여들었지만 다행히도 제때 나온 구단 직원들에 의해 제지를 당했다.

"강은 오늘 너무 피곤해요. 내일도 강은 자이언츠 파크에 나올 테니까 내일 찾아와요."

그렇게 남은 에너지를 전부 쏟아붓고서야 강동원은 숙소로 돌아올 수 있었다.

"후우……."

강동원이 길게 한숨을 내쉬었다. 겪고 보니 이 모든 것이 마치 꿈인 것만 같았다.

그렇게 잠시 강동원은 눈을 감고 여운에 잠겼다. 그리고 한 시간 가까이 쉬고서야 슬그머니 눈을 떴다.

"그게 어디 있었지?"

강동원은 몸을 일으켜 가방을 자기 쪽으로 끌고 왔다.

가방의 지퍼를 열자 여분의 유니폼과 글러브가 눈에 들어왔다.

본래라면 그것들을 하나하나 빼서 정리를 했겠지만 도저히 그럴 체력이 남아 있지 않았다.

"이쯤 있을 텐데."

강동원은 야구 용품 속으로 왼손을 집어넣었다. 그리고 조심스럽게 이곳저곳을 뒤지고서야 씩 웃었다.

"여기 있다."

뒤늦게 강동원의 손에 이끌려 나온 것은 바로 야구공이었다.

바로 9회 초 마지막 타자였던 윌 케이슨을 삼진으로 잡으며 퍼펙트 경기를 완성했던 바로 그 야구공이었다.

강동원은 그 공을 이리저리 만지며 중얼거렸다.

"내가 정말 퍼펙트게임을 했다, 이거지?"

강동원은 아직까지 실감이 나지 않았다. 바로 조금 전까지 이 세상의 모든 스포트라이트를 받은 기분이었는데 홀로 덩그러니 앉아 있으니 마치 꿈처럼 느껴졌다.

강동원은 야구공을 들고 간이 장식장으로 향했다. 그곳에는 몇 개의 야구공이 놓여 있었다.

메이저리그에서 첫 안타를 친 공.

메이저리그에서 첫 삼진을 잡은 공.

메이저리그 첫 승리 투수가 된 공.

그 옆으로 강동원이 새로운 공을 살포시 놓았다.

메이저리그에서 첫 퍼펙트 경기를 했던 공.

혹시나 공이 뒤섞일지 몰라 강동원은 공 한쪽에 P라는 표시를 했다. 그리고 함께 놓인 다른 공들을 바라보며 또다시 회상에 잠겼다.

메이저리그에 도전했던 게 엊그제 같은데 벌써 10승 투수가 됐다. 게다가 메이저리그 역사상 스물네 번째 퍼펙트게임을 달성했다.

"진짜 거짓말은 아니겠지?"

강동원은 책상에 앉아 노트북을 펼쳤다. 그리고 곧바로 인터넷을 시작했다.

고글이 뜨자 가장 먼저 스포츠 관련기사 쪽으로 커서를 옮겨 클릭했다. 그곳에는 자신이 포지와 끌어안고 기뻐하는 모습이 올라와 있었다.

사진 위, 대문짝만 하게 찍힌 글씨가 강동원의 눈을 사로잡았다.

자이언츠 닥터 강! 메이저리그 경기에서 퍼펙트 경기

달성!

그 밑으로 기사 전문이 눈에 들어왔다.

더 이상 강동원의 신인상 수상에 이견이 없을 것 같다.
누가 강동원이 내리막길을 탈 것이라고 했던가?
오늘 경기에서 보여주었던 엄청난 피칭을 본다면 감히 그
런 말은 하지 못할 것 같다.

"크흐. 신인상이라."
강동원은 신인상에 이견이 없을 거리는 문장을 몇 번이고
살폈다.
혹시라도 자신이 단어를 잘못 해석했을까 봐 번역기를 돌
려보기까지 했다.
그만큼 강동원은 신인상을 꼭 받고 싶었다.
생에 단 한 번, 신인의 자격을 갖추고 있을 때만 받을 수
있는 특별한 상이었기 때문이다.
"설마 오늘 같은 날에도 악플이 달리진 않겠지?"
강동원이 기분 좋게 댓글들을 살폈다.

ㄴ방금 강동원의 삼진 모음을 방금 봤는데. 진짜 소름이

돈을 정도야.

ㄴ강이 후반기 들어서 제구력이 망가졌다고 떠들던 전문가들 어디 갔어? 이 영상을 보긴 한 거야?

ㄴ이쯤 되면 자이언츠의 차세대 에이스라고 봐도 무방할 듯.

ㄴ솔직히 범가드너, 긴장해야 할 것 같은데?

ㄴ전국 방송에서 퍼펙트게임이라니! 진짜 강은 큰 경기에 강한 것 같아.

ㄴTV를 보는 내내 긴장이 되어서 화장실을 가지 못했다고!

ㄴ나도 나도! 정말 정신 못 차리고 TV만 봤다고. 큭큭큭

ㄴ다른 것보다 퍼펙트게임을 삼진으로 마무리하는 거 보고 소름 돋았어!

ㄴ마지막 공이 100mile/h(≒160.9㎞/h)이었지?

ㄴ9회에 100mile/h이라니. 진짜 괴물 아니냐?

ㄴ젠장, 파드리스! 완전히 개망신당했네. 그것도 전국적으로.

현지 팬들 못지않게 국내 야구팬들의 반응도 매우 우호적으로 바뀌었다.

└우와! 완전 대에에에에에박~~~!!

└삼진 잡는 거 봤음? 나 진짜 마지막에 100마일 찍혔을 때 두 팔을 번쩍 들었다는 거 아닙니까.

└역시 강동원은 믿을 만해요. 어느 대한민국 투수가 메이저리그에서 퍼펙트를 달성할 수 있었습니까?

└지랄! 니들은 그렇게 할 일이 없냐. 허구한 날 강동원! 강동원! 그 새끼 인자 끝이야.

└맞아, 맞아! 대기록 달성 후 죽 쑤는 경우 많이 봤다. 두고 봐라, 강동원 곧 무너질 거다.

└야! 니들이 그러고도 대한민국 국민 맞냐? 국위선양하고 있는데 뭔 지랄들이야. 쓸데없는 소릴 할 거면 꺼져!

└내 말이 그 말이야. 뭐 저런 개념상실, 어이상실인 인간들이 있지. 부러우면 부럽다고 해요.

└암튼 저런 놈들 때문에 이 나라가 이 모양이야. 지들이 무당이야? 아님, 점쟁이야? 어떻게 알고 저딴 식의 말을 하고 난리야. 재수 없어!

└야구도 X도 모르는 새끼들이 저 지랄들이에요.

강동원에 대한 악플들이 완전히 사라진 것은 아니었다. 퍼펙트게임을 작성하니 인신공격적인 댓글들이 눈에 띄게 늘어났다.

하지만 그런 댓글들이 달릴 때마다 다른 팬들이 달라붙어 합공을 펼쳤다. 누군가 이유도 없이 강동원을 비난하면 오히려 네티즌들이 더 격분하며 반박을 해댔다.

"역시 야구는 잘하고 볼 일이야."

눈이 빨개질 때까지 댓글들을 확인한 뒤 강동원이 노트북을 닫았다.

댓글까지 살피고 나니 이제야 퍼펙트게임을 달성했다는 사실이 조금 실감이 났다.

"이제부터가 진짜야. 퍼펙트게임 한 번 했다고 무너지면 두고두고 놀림받을 거라고."

강동원은 이를 악물었다. 여전히 악플을 다는 이들을 아무 말 못하게 만들기 위해서라도 시즌 마지막까지 최선을 다할 생각이었다.

"아차, 엄마한테 전화한다는 걸 깜빡했네."

강동원이 서둘러 핸드폰을 들어 올렸다. 그리고 어머니에게 전화를 걸었다.

―동원이니?

강동원의 연락을 기다린 듯 어머니가 단번에 전화를 받았다.

"엄마……!"

강동원은 순간 울컥하는 감정을 되삼켰다. 그리고 담담하게 퍼펙트게임을 달성했다는 사실을 전했다.

─그래, 우리 아들 장하네. 어디 아픈 데는 없고?

어머니는 언제나처럼 강동원의 몸부터 걱정했다. 홀로 외지에서 고생하는 아들이 좋은 성적까지 내고 있다니 대견하면서도 가슴이 아픈 모양이었다.

"아픈 데 없어요. 저 튼튼하잖아요."

강동원이 피식 웃었다. 그러고는 어머니와 편하게 통화를 하기 위해 침대로 자리를 옮겼다.

그렇게 퍼펙트게임의 하루는 정겹게 마무리됐다.

2

대기록 뒤에는 반드시 슬럼프가 온다.

억지로 무리를 했으니 반드시 탈이 날 것이다.

강동원의 기사마다 일부 안티 팬들은 악담을 퍼부었다. 하지만 강동원의 후반기 페이스는 다시 상승 곡선을 그렸다.

강동원은 후반기 13경기에 선발로 등판해 6승 3패를 기록했다.

잘 던지고도 승패 없이 물러난 경기들이 4경기나 됐지만, 강동원은 크게 개의치 않았다.

그보다 목표했던 기록들을 달성할 수 있었다는 사실에 기뻐했다.

시범 경기를 거치고 붙박이 선발로 낙점되면서 강동원은 두 가지 목표를 세웠다.

하나는 시즌이 끝날 때까지 선발 로테이션을 유지하는 것.

다른 하나는 10승과 180이닝, 평균 자책점 3.00 달성.

두 번째 목표를 달성하기 위해서는 첫 번째 목표 달성이 필수였다.

다행히도 강동원은 후반기 초반 슬럼프를 이겨내고 자이언츠의 5선발로서 시즌을 무사히 마쳤다. 덕분에 개인 기록들도 좋아졌다.

후반기 13 경기 동안 강동원은 총 90이닝을 던졌다. 그중 25실점을 내줬고 23자책점을 기록했다.

후반기 평균 자책점은 2.30. 후반기 초반 평균 자책점을 상당 부분 깎아먹었음에도 불구하고 퍼펙트게임 이후로 반등하며 내셔널리그 후반기 평균 자책점 순위 9위에 올라왔다.

또한 후반기에만 탈삼진을 116개 더하며 닥터 K로서의 면모도 이어갔다.

전문가들은 강동원이 조금 더 승수를 쌓을 수 있었다며 불펜 투수들의 잦은 방화를 문제점으로 지적했다.

시즌 1위를 질주하며 한 경기도 쉽게 양보하지 못하다 보니 불펜 투수들은 시즌 후반 급격한 체력 저하를 겪고 말았다.

덕분에 강동원뿐만 아니라 자이언츠 선발 투수 대부분이 승수 쌓기에 어려움을 겪었다.

그러면서도 전문가들은 강동원이 올스타로 뽑힐 정도로 빼어난 활약을 펼쳤던 전반기보다 후반기에 더 좋은 성적을 거두었다는 사실을 높이 평가했다.

"전반기 강동원의 성적은 9승 4패였습니다. 18경기에 선발 등판했고 노디시전은 5경기였죠. 평균 자책점은 어디 보자…… 2.70이었네요. 이거 전반기와 후반기 기록이 바뀐 거 아니죠?"

"하하. 그럴 리가요. 후반기를 빼놓고 전반기 성적만 놓고 봤을 때도 강동원은 올해 루키 중에 최고였습니다. 내셔널리그, 아메리칸리그를 불문해서 말이죠."

"그래서 내셔널리그 신인상 0순위라는 말도 나왔고요."

전문가들은 강동원이 전반기에도 충분히 잘 던졌다고 한목소리로 말했다.

고작 19살의 나이에 메이저리그 붙박이 선발로 시즌을 시작해 전반기에만 2점대 평균 자책점과 9승을 거두기란 결코 쉬운 일이 아니었다.

"전반기 강동원의 피칭을 언급할 때 이 두 가지를 빼놓아서는 안 됩니다. 바로 이닝하고 탈삼진인데요."

"18경기에 등판해 120이닝을 소화했습니다. 경기당 최소 6이닝은 버텨줬다는 이야기죠."

"그보다 소화 이닝이 많은 투수는 분명히 있습니다. 하지만 신인이 이렇게 꾸준하게 이닝을 소화해 주는 경우는 극히 드물었죠."

"120이닝을 던지면서 실점은 고작 36점밖에 하지 않았습니다. 그러면서도 152개의 탈삼진을 잡아냈죠."

"152개면 경기당 몇 개인가요?"

"11.4개입니다. 360개의 아웃 카운트 중 152개를 삼진으로 잡았으니 아웃 카운트 중 42퍼센트를 삼진으로 잡은 셈입니다."

"자이언츠 팬들이 닥터 강, 닥터 강 하는 게 이해가 가는데요. 후반기 삼진 페이스는 어땠나요?"

"후반기도 만만치 않았습니다. 90이닝 동안 116개를 잡아냈으니까요."

"후반기 경기당 탈삼진 개수가 11.6개네요. 전반기보다 조금이나마 상승한 수치입니다."

"아니아니, 평균치 말고 숫자를 보자고요. 그러니까 지금 메이저리그 첫 풀타임을 뛴 루키가 268개의 탈삼진을 잡아냈다고요?"

"참고로 강동원의 탈삼진 기록은 내셔널리그 공동 2위입니다. 아메리칸리그까지 더해서 강동원보다 탈삼진을 많이 잡은 투수는 단 5명뿐이고요."

"강동원의 경기당 탈삼진 수치는 최고 수준입니다. 이 정도 페이스를 유지할 수만 있다면 메이저리그 각종 탈삼진 기록이 깨질지도 몰라요."

"이런 투수가 고작 5선발이라는 게 놀랍지 않습니까?"

"하하, 자이언츠가 메이저리그 최고의 5선발을 보유했다는 사실을 부정하기 어려울 것 같네요."

강동원이 5선발 자리에서 꾸준한 성적을 거둬들인 덕분에 자이언츠는 라이벌인 다저스를 여유롭게 따돌리며 내셔널리그 서부 지구 1위를 확정지었다.

그리고 디펜딩 챔피언인 컵스를 따돌리고 리그 승률 1위까지 차지하는 영광을 누렸다.

전·후반기를 무사히 마친 강동원의 시즌 최종 성적은 전문가들이 극찬할 만큼 화려했다.

총 31경기에 출전해 15승 7패 평균 자책점 2.53(210이닝 61실점 59자책)을 기록했다. 그리고 장기인 탈삼진을 무려 268개나 잡아냈다. 그 결과

다승 공동 7위.

평균 자책점 5위.

탈삼진 3위.

선발 투수 관련 타이틀에서 전부 10위권 안에 랭크되는 기염을 토해냈다.

이쯤 되자 메이저리그 언론들은 한목소리로 내셔널리그 신인왕은 강동원이라고 보도했다.

강동원과 비교할 만큼의 활약을 펼친 선수도 없었지만, 자이언츠가 내셔널리그 승률 1위를 차지하고 포스트시즌에 진출한 탓에 다른 후보들은 감히 꿈도 꾸지 못했다.

§

내셔널리그 서부 지구 최종 성적.

자이언츠 104승 58패 0.642

다저스 93승 69패 0.574 / 11경기

로키스 86승 76패 0.531 / 18경기

다이아몬드 백스 69승 93패 0.426 / 35경기

파드리스 60승 102패 0.370 / 44경기

자이언츠는 다저스와 11경기 차이로 일찌감치 지구 우승을 확정 지었다. 아울러 내셔널리그 승률 1위에 오르면서 자이언츠는 와일드카드 팀과 디비전 시리즈 경기를 치르는 어드밴티지를 누리게 됐다.

　매직 넘버를 모두 지우고 지구 우승을 확정지은 날 강동원은 생전 처음 동료들과 어울려 샴페인으로 샤워를 하였다.

　"누가 올라올까?"

　"글쎄, 난 다저스만 아니면 될 거 같은데?"

　"나도 마찬가지야. 다저스 놈들은 지겹다고."

　"무슨 소리야? 이렇게 된 거 다저스를 짓밟고 챔피언십 시리즈에 올라가야지."

　선수들은 저마다 디비전 시리즈 상대를 예상했다.

　가장 많은 표를 받은 건 동부 지구 2위를 달리던 메츠였다. 그다음으로 중부 지구 2위인 카디널스가 많은 표를 받았다.

　자이언츠에 밀려 와일드카드 쟁탈전으로 밀려난 다저스를 반기는 이들은 그리 많지 않았다.

　"강, 너는 어때?"

　"뭐가요?"

　"넌 누가 올라왔으면 좋겠냐고. 너도 설마 저 겁쟁이들처럼 다저스를 피해야 한다고 생각하는 건 아니겠지?"

술이 얼큰하게 취한 메디슨 범가드너가 강동원의 어깨에 긴 팔을 올리며 물었다. 이 답정너 같은 남자에게 강동원은 씩 웃으며 당당하게 대답했다.

"당연히 다저스죠!"

"그렇지! 역시! 넌 남자였어!"

물론 강동원도 다저스가 올라오길 바라진 않았다. 다저스는 메이저리그 최고의 에이스라 불리는 클레이튼 커쇼우를 보유하고 있었다.

메디슨 범가드너가 자이언츠의 에이스라고는 하지만 아직 클레이튼 커쇼우의 아성을 넘지 못한 상황이었다.

자이언츠가 우승을 확정지을 무렵, 내셔널리그 동부 지구와 중부 지구도 우승팀이 어느 정도 결정이 난 상태였다.

내셔널리그 동부 지구 1위는 내셔널스.

내셔널리그 중부 지구 1위는 컵스.

자이언츠만큼이나 시즌 내내 견고한 모습으로 1위 자리를 독주해 온 팀들이었다.

덕분에 언론의 관심은 와일드카드 쪽으로 넘어갔다.

시즌 중반까지 내셔널스를 바짝 추격하다 힘이 떨어진 메츠와 컵스의 독주로 인해 지구 2위에 만족하고 있는 카디널스.

그리고 라이벌 자이언츠의 압도적인 우승을 두 손 놓고 바라봐야 했던 다저스까지. 세 팀 중 누가 올라오더라도 만만치 않은 포스트시즌이 될 것이라는 예상이 쏟아졌다.

자이언츠가 우승을 확정 짓던 시점에서 와일드카드 1위는 메츠였다. 2위 카디널스와 3위 다저스를 각기 3, 4경기 차이로 앞서고 있었다. 그런데 시즌 막판 메츠가 4연패에 빠지면서 와일드카드 최종 순위가 뒤집혔다.

동부 지구 카디널스와 94승 68패로 1위.

서부 지구 다저스가 한 경기 뒤진 채로 2위.

와일드카드가 유력하다던 메츠는 다저스에 한 경기 차 밀려 포스트시즌에서 탈락하고 말았다.

와일드카드 결정전은 카디널스와 다저스의 단판 승부로 펼쳐졌다. 카디널스가 다저스보다 한 경기 앞서서 카디널스 홈구장에서 경기를 치르게 되었다.

그리고 이날, 다저스가 현존하는 최고의 에이스인 클레이튼 커쇼우를 앞세우며 카디널스를 3 대 0으로 꺾었다. 그렇게 자이언츠의 디비전 시리즈 상대는 다저스로 확정이 됐다.

"다저스가 올라온다고 해서 달라지는 건 아무것도 없을 겁니다."

영원한 라이벌 다저스가 디비전 시리즈 파트너로 결정이
됐지만 브루스 보체 감독은 여유만만이었다. 다저스가 와일
드카드 결정전에서 에이스인 클레이튼 커쇼우를 써버렸기
때문에 투수 대진에 있어서 자이언츠가 이롭다고 판단한 것
이다.

다저스는 디비전 시리즈 1차전 선발로 일본인 투수인 마
에다 켄타로를 내세웠다. 이에 맞서 자이언츠는 일찌감치 에
이스 메디슨 범가드너를 지목한 상태였다.

2차전 선발은 올 시즌 다저스의 3선발로 활약했던 좌완 스
캇 카미르와 자이언츠의 2선발 제니 쿠에토의 맞대결이 유력
했다.

문제는 3차전이었다.

자이언츠는 다저스 스타디움에서 다저스의 에이스인 클레
이튼 커쇼우를 상대할 투수를 아직 결정짓지 못하고 있었다.

언론은 3선발인 제이크 사마자가 유력하다고 보도했다.

하지만 일부 언론들은 제이크 사마자보다 올해 빼어난 활
약을 펼친 강동원에게 기회를 줘야 한다고 주장했다.

이 문제를 두고 자이언츠 코치들이 감독실로 모여들었다.

"흠……."

브루스 보체 감독은 기사들을 모니터링하며 고민에 빠져
있었다.

여기서는 제이크 사마자가 낫다고 하고 저기서는 강동원이 낫다고 하니 쉽게 답을 내리기 어려웠다.

그러자 론 워스트 벤치 코치가 답답하다며 입을 열었다.

"브루스, 3선발을 빨리 확정 지어야 합니다. 이대로 시간을 끌면 좋을 게 없어요."

론 워스트가 재촉하듯 말했다. 하지만 브루스 보체 감독은 쉽게 답을 내리지 못했다.

"그냥 제이크 사마자로 가시죠."

데이브 라이트 투수 코치가 눈치를 보며 말했다.

"안 돼. 후반기 성적을 보라고. 지금 상태로는 올리기가 부담스러워."

론 워스트가 곧바로 고개를 가로저었다.

"우리에겐 후보군이 많지 않습니다. 제이크 사마자를 빼면 제이스 피비, 마크 케인, 강동원 이렇게 세 명뿐인데 그중 제이스 피비야는 현재 부상 중이니 힘들 테고 강동원은 루키라서 큰 경기에 부담감이 많을 것입니다. 그럼 결국 마크 케인밖에 없다는 건데……."

"마크 케인도 제이크 사마자 못지않게 후반기 성적이 좋지 않았습니다. 게다가 다저스를 상대로 좋지 않았고요."

"상대가 클레이튼 커쇼우고 다저스 원정 경기라곤 하지만 3차전을 쉽게 내 줄 수는 없습니다. 그렇게 되면 시리즈 분위기가 달라질지 몰라요."

코치들이 저마다 한 마디씩 늘어놓았다. 하지만 이렇다 할 의견이 모아지지 않았다.

"브루스!"

결국 모두의 시선이 브루스 보체 감독에게 모여들었다. 그러자 브루스 보체 감독이 긴 침묵을 깨고 입을 열었다.

"론, 자네는 내 판단을 믿고 따라와 주겠나?"

"물론입니다, 브루스. 누가 뭐래도 자이언츠의 선장은 당신이라고요."

"다른 사람들은 어때?"

"당연합니다."

"저도 믿고 따르겠습니다."

브루스 보체 감독은 일단 코치들에게 약속을 받아냈다. 자이언츠의 감독이긴 하지만 그는 지금껏 중대한 문제를 두고 독단적으로 결정을 내린 적이 없었다.

이번에도 마찬가지. 코치들이 마음껏 자신의 생각을 공유할 수 있도록 판을 벌여놓은 뒤 모든 이야기를 경청한 후 결단을 내렸다. 그런 브루스 보체 감독의 선택은.

"그럼 강동원으로 가지."

다름 아닌 강동원이었다.

"에에?"

"네에?"

"가, 강동원이라고요?"

론 워스트 코치를 비롯해 코치 대부분이 놀란 표정을 지었다.

올 시즌 강동원이 잘 던지긴 했지만 설마하니 디비전 시리즈를 앞두고 브루스 보체 감독이 강동원을 선발로 내세울 거라고는 생각하지 못했기 때문이다.

"어째서 강동원입니까?"

"맞습니다. 강동원은 루키입니다. 올해 좋은 성적을 올렸지만 포스트시즌은 다릅니다."

"포스트시즌은 루키가 감당할 수 있는 무대가 아닙니다."

코치들은 하나같이 반대 의견을 내놓았다. 강동원의 실력을 의심하기보다 포스트시즌이라는 특수한 상황 자체를 걱정했다.

론 워스트 코치도 다른 코치들의 의견에 동조하듯 입을 열었다.

"브루스, 저도 다른 코치진들과 생각이 같습니다. 강동원은 큰 경기에 나서기에는 너무 어립니다. 불펜에서 좀 더 경험을 쌓는 것이 좋을 듯합니다."

브루스 보체 감독이 묵묵히 고개를 끄덕였다. 반대 의견이 많을 것이라고는 어느 정도 예상하고 있었다.

하지만 아무리 생각해도 머릿속에는 강동원밖에 떠오르지 않았다.

"자네들의 불안한 마음은 알겠네. 그런 자네들을 설득하는 건 어디까지나 내 몫이겠지. 물론 나도 내 생각대로 밀고 나 갈 수는 있어. 하지만 그러고 싶지 않아. 그러니 내 말을 잘 들어보게. 내가 왜 강동원을 3선발로 확정을 지었냐면……."

브루스 보체 감독은 코치들에게 하나하나 자신이 가지고 있던 생각을 풀어놓았다.

왜 강동원은 3선발로 써야 하는지에 대해서도 말이다.

코치들은 기대 어린 눈으로 브루스 보체 감독을 바라봤다. 매사에 객관적이고 논리적인 브루스 보체 감독이라면 자신 들을 충분히 이해시켜 줄 것이라고 믿었다.

하지만 예상과는 달리 브루스 보체 감독이 언급한 이유들 은 상당 부분 감에 의존해 있었다. 그럼에도 불구하고 브루 스 보체 감독의 얼굴에는 시즌을 치르면서 봐왔던 강동원에 대한 믿음과 확신으로 가득했다.

"솔직히 강에게 기회를 주고 싶은 건 나의 욕심일지도 모 르네. 하지만 자네들이 날 믿는다면 이번 포스트시즌에서 강 을 3선발로 썼으면 좋겠네."

코치들은 아무런 말도 하지 못했다. 브루스 보체 감독이 아예 대놓고 강동원을 편애하니 뭐라고 대답해야 할지 감이 오지 않았다.

물론 강동원의 실력만큼은 의심의 여지가 없었다. 만약 포스트시즌이 아니라 정규 시즌의 연장이었다면 코치들도 군말 없이 강동원을 3선발로 받아들였을 것이다.

하지만 포스트시즌이라면 이야기가 달랐다.

날고 기는 선수들조차 포스트시즌의 부담에 무너지기 일쑤인데 이제 열아홉 살의 어린 루키를 클레이튼 커쇼우와 맞붙이자는 건 쉽게 납득이 되질 않았다.

그러나 코치 중 누구도 브루스 보체 감독의 뜻에 반하지 않았다.

아니 반할 수가 없었다. 누가 뭐래도 자이언츠 호의 선장은 브루스 보체 감독이었다.

그리고 지난 몇 년간 브루스 보체 감독은 자이언츠 호를 너무나도 잘 이끌어 왔다.

브루스 보체 감독이 개인의 사익을 위해 강동원을 선택한 거라면 코치들도 가만있지 않았을 것이다.

하지만 마땅한 대안이 없는 상황에서 자이언츠의 미래를 위해 강동원을 키워보자는 브루스 보체 감독의 제안은 거절할 명분이 없었다.

4

그로부터 두 시간 뒤.

"떴다!"

클럽 하우스로 이어지는 복도 게시판에 디비전 시리즈의 선발 라인업이 올라왔다.

운동을 하던 선수들은 우르르 달려와 라인업을 확인했다.

그러고는 메디슨 범가드너와 제니 쿠에토 다음에 올라온 이름을 보고 눈을 치떴다.

"뭐야? 강이잖아?"

"호오, 이거 좀 파격적인데?"

"그러게 말이야. 솔직히 강은 어렵다고 봤거든."

"아직 나이도 어리고 경험도 부족하고 말야."

"무슨 소리야? 올 시즌 투구 내용만 놓고 보자면 제니 쿠에토 못지않은데."

"솔직히 제니 쿠에토보다 잘 던졌지."

"그럼 당연히 강이 올라가야 하는 거 아냐?"

"그렇긴 한데……."

"뭐 이렇게 결정이 난 걸 어떻게 하겠어. 믿어야지."

"그래, 강을 믿자고."

"강은 잘해낼 거야."

대부분의 자이언츠 선수는 군말 없이 코칭스태프의 결정을 받아들였다.

코칭스태프가 심사숙고 끝에 내린 판단이었다. 그리고 충분히 납득 가능한 결론이었다.

메이저리그 주요 언론들도 강동원의 포스트시즌 선발 로테이션 합류 소식을 대대적으로 전했다.

자이언츠의 브루스 보체 감독의 이번 한 수는 과연 독이 될 것인가? 아니면 신의 한 수가 될 것인가?

닥터 강! 자이언츠의 새로운 희망이 될 것인가?

몇몇 언론은 클레이튼 커쇼우를 상대하기 위해 자이언츠가 일부러 강동원을 택한 것이라고 분석했다.

클레이튼 커쇼우라는 이름값에 아직 주눅 들지 않은 신인을 내세워 반전을 꾀하려 한다는 것이었다.

미국의 도박 사이트들도 3차전을 내셔널리그 디비전 시리즈 최대 관전 포인트로 잡았다.

내셔널리그 최고의 선발 투수 중 하나인 클레이튼 커쇼우와 내셔널리그 최고의 신인 강동원의 맞대결.

어쩌면 이 둘의 맞대결 결과에 따라 디비전 시리즈 승자가 달라질지도 모른다고 점쳤다.

네티즌들도 가만있지 않았다. 온라인 오프라인 가리지 않고 모였다 하면 열띤 논쟁을 펼쳤다.

└이봐, 믿겨져? 강동원이 제이스 피비랑 마크 케인을 제치고 3선발로 나선다는 거?

└그거야말로 신의 한 수지.

└신의 한 수는 개뿔! 그건 미친 짓이라고. 어떻게 루키를 큰 경기에 내보낼 수가 있지?

└나도 위에 말에 동감! 미치지 않고서는 저러지 못하지.

└아, 이번 디비전 시리즈는 망쳤구나. 다저스에게 발리겠어.

└이봐! 벌써부터 속단하지 말자고. 또 누가 알아? 강동원이 클레이튼 커쇼우를 잡아줄지?

└맞아, 퍼펙트 경기를 했을 때 그때처럼 공을 던지면 돼!

└그럼 디비전 시리즈에서 퍼펙트 경기가 또 나오는 건가요?

└그리된다면 내 손에 장을 지진다.

일부 극성 지역 언론들은 브루스 보체 감독이 지나치게 안이한 판단을 했다고 지적했다.

샌프란시스코에서 펼쳐지는 1차전과 2차전을 아직 승리한 것도 아닌데 3차전 선발로 강동원을 내세운 건 신중하지 못했다고 꼬집어 댔다.

하지만 브루스 보체 감독은 꿋꿋하게 밀고 나갔다. 인터뷰에서도 자신의 결정은 달라지지 않았음을 명확하게 밝혔다.

"강은 자이언츠의 모든 팬이 사랑하는 투수입니다. 올해 무려 15승을 거두었고 포스트시즌에 선발로 나갈 만한 성적을 기록했습니다. 물론 자이언츠에는 좋은 선발 투수가 많습니다. 그중에 한 명을 골라야 한다는 게 상당히 괴로운 결정이었습니다. 하지만 저는 이번 디비전 시리즈를 이기기 위해 선발진을 꾸렸습니다. 그리고 감독으로서, 말이 아닌 결과로 모든 걸 확신시켜 드리겠습니다."

그렇게 자이언츠의 디비전 시리즈 선발 라인업은 메디슨 범가드너-제니 쿠에토-강동원으로 확정이 됐다.

예비 선발로 제이크 사마자가 포함됐지만 브루스 보체 감독은 말 그대로 불미스러운 상황에 대비하기 위한 보험일 뿐 강동원과 바꾸기 위한 옵션은 아니라고 선을 그었다.

5

자신의 이야기로 언론이 소란스러워져서일까.

"후우……."

강동원의 입에서 깊은 한숨이 흘러나왔다.

강동원은 게시판에 붙여진 라인업을 다시 한번 확인했다.

디비전 시리즈 선발 라인업에는 여전히 자신의 이름에 올라가 있었다.

디비전 시리즈 3선발로 확정된 것에 대해 강동원은 기쁜 만큼이나 부담스러움이 컸다. 브루스 보체 감독과 코칭스태프가 결정한 일이니 뜻에 따르긴 하겠지만, 솔직히 전혀 생각지 못했던 일이었다.

물론 선발에 대한 욕심이 없었다면 거짓말일 것이다.

하지만 7전 4선승제로 치러지는 챔피언십 시리즈나 월드 시리즈라면 몰라도 5전 3선승제인 디비전 시리즈에서는 기회가 없을 것이라고 생각했다.

7전 4선승제에서의 1승과 5전 3선승제에서의 1승은 의미가 달랐다.

그 한 경기를 잡느냐 내주느냐에 따라 경기 분위기가 확 달라질 수밖에 없었다.

게다가 다저스와의 디비전 시리즈 3차전 맞상대는 다름 아닌 클레이튼 커쇼우였다.

"후우……. 답답하네."

강동원이 무겁게 한숨을 내쉬었다. 그저 가벼운 마음으로 3차전에 내보낸 거라면 또 모르겠지만 클레이튼 커쇼우를 상대로 승리하길 바라는 거라면 부담이 커질 수밖에 없었다.

그때였다.

"뭐야, 강. 왜 패배자처럼 그런 표정을 짓고 있어?"

지나가던 메디슨 범가드너가 슬그머니 강동원의 옆으로 다가갔다.

"아, 범가드너."

"뭐야? 뭐가 문제인데?"

"아무것도 아니에요."

"아무것도 아니긴. 설마 여자 문제야?"

"하하, 그럴 리가요."

"그럼 뭔데? 정말 여자 때문에 포스트시즌을 앞두고 이러고 있는 건 아니지? 그럼 엄청 실망인데."

메디슨 범가드너가 제멋대로 넘겨짚었다.

여기서 제대로 대답하지 못했다간 은근히 입이 싼 메디슨 범가드너 때문에 쓸데없는 소문이 나돌 것 같았다.

"그게 아니라…… 선발 때문에요."

강동원이 솔직하게 대답했다. 그러자 메디슨 범가드너가 오해로 일그러뜨렸던 표정을 폈다.

"선발? 왜? 갑자기 선발이 바뀐 거야?"

"아뇨, 그대로예요."

"그럼 뭐가 문제야? 네가 3선발에 확정되어서? 아님. 네 상대가 커쇼우라서?"

"후우……. 둘 다 걱정이죠."

"오호, 그래?"

메디슨 범가드너는 잠깐 고민을 하더니 이내 말을 했다.

"진짜 그것이 고민이야?"

"그렇다니까요. 범가드너가 내 입장이라면 고민되지 않겠어요?"

"하하. 나야 뭐 워낙 잘 던지니까. 월드시리즈에서 3승을 거두기도 했고 말이야."

메디슨 범가드너가 어깨를 으쓱거렸다. 2014년, 만 25살의 나이에 메디슨 범가드너는 월드시리즈에서 홀로 3승을 거두며 자이언츠의 우승을 이끌었다.

덕분에 메디슨 범가드너는 월드시리즈의 사나이로 불리고 있었다.

"아……. 내가 고민 상담을 잘못했네요."

강동원이 쓴웃음을 지었다. 다른 사람도 아니고 메디슨 범가드너가 자신의 고민을 이해해 줄 것 같지 않았다.

하지만 메디슨 범가드너에게도 루키 시절이 있었다.

"너답지 않게 뭘 고민하고 그래. 그냥 평상시처럼 던지면 되는데."

"그런데 이번에는 평상시가 아니잖아요. 디비전 시리즈라고요."

"그래서? 뭐가 달라져? 이미 확정은 됐고, 그때까지 컨디션 조절만 잘하면 되는데."

"알아요. 아는데……."

강동원이 고개를 푹 숙였다. 그러자 메디슨 범가드너가 강동원의 어깨에 팔을 둘렀다.

"네가 무슨 걱정을 하는지 아는데. 난 이렇게 말해주고 싶군. 쓸데없는 걱정이다!"

메디슨 범가드너의 말에 강동원의 고개를 들어 올렸다.

"……?"

"헤이, 강! 져도 좋으니까. 평상시대로 꿋꿋하게만 던져! 물론 네가 대단한 신인인 건 알겠는데 너한테 디비전 시리즈를 양보할 생각은 눈곱만큼도 없다고."

메디슨 범가드너가 짓궂게 웃어댔다. 그러고는 진지한 얼굴로 말을 이었다.

"어차피 이번 디비전 시리즈는 내가 2승을 거두고 제니 쿠에토가 1승을 거두면 끝나는 거야. 그러니까 네가 3차전에서 설사 진다고 해도 아무런 문제가 없어."

"그래도 감독님께서……."

"물론 감독님의 체면이 걸려 있으니까 너도 최선을 다해야지. 하지만 승패에 연연할 필요 없어. 네가 한 경기 패배한다고 해서 나가떨어질 만큼 자이언츠는 나약하지 않으니까."

메디슨 범가드너의 한마디가 강동원의 가슴을 울렸다.

자이언츠는 강하다.

자연스럽게 강동원의 꽉 막혔던 속이 뻥 하고 뚫려 버렸다.

'그래 평상시대로 던지자. 내 뒤에는 범가드너가 있으니까.'

제 할 말만 하고 저만치 사라져 버린 메디슨 범가드너를 바라보며 강동원이 씩 웃었다.

4차전 선발이 다시 메디슨 범가드너라고 생각하니 마음이 한결 가벼워졌다.

메디슨 범가드너가 시즌 중에 보여줬던 호투를 이어 나간다면 정말로 홀로 디비전 시리즈에서 2승을 거둬줄 것 같았다.

메디슨 범가드너가 2승을 챙기고 제니 쿠에토가 남은 2경기 중 한 경기만 잡아준다고 해도 3승이다.

강동원이 승리를 보태지 않아도 자이언츠는 아무 문제 없이 챔피언십 시리즈에 올라가게 된다.

"그래도 몸은 좀 풀어야겠지."

강동원은 한결 가벼운 마음으로 피트니스장으로 들어갔다. 그리고 그동안 쌓아놓았던 답답함을 땀과 함께 배출했다.

그로부터 이틀 후.

자이언츠와 다저스 간 디비전 시리즈가 시작되었다.

44장
우승을 향해Ⅱ

자이언츠의 선발은 모두가 예상한 대로 에이스 메디슨 범가드너였다. 이에 맞서 다저스는 일본인 투수 마에다 켄타로를 내세웠다.

　이름값이나 커리어 면에서 마에다 켄타로는 메디슨 범가드너의 상대가 되지 못했다. 게다가 마에다 켄타로는 지난해 포스트시즌에서 이렇다 할 성적을 내지 못했다.

　반면 메디슨 범가드너는 지난해 와일드카드 결정전에서 완투로 팀을 디비전 시리즈에 올릴 만큼 큰 경기에 강했다. 게다가 에이스로서 책임감이 투철했다.

　"1차전은 자이언츠가 확실히 유리합니다."

　"홈 경기에 에이스 메디슨 범가드너가 출격했습니다. 반면 다저스는 에이스 클레이튼 커쇼우를 3차전까지 등판시키지 못하는 상황입니다."

"올 시즌 상대 전적도 메디슨 범가드너가 앞서고 있습니다. 메디슨 범가드너는 2승 1패, 평균 자책점 2.00인 반면 마에다 켄타로는 승리 없이 2패에 평균 자책점 4.50입니다."

"시즌 때의 모습이 그대로 유지된다면 아마 자이언츠의 완승이 될 가능성이 높습니다."

전문가들은 한목소리로 자이언츠의 승리를 점쳤다. 타격은 서로 비슷했지만 마운드의 높이가 달랐기 때문이다.

올 시즌 메디슨 범가드너는 가장 유력한 내셔널리그 사이 영상 후보로 꼽히고 있었다.

반면 마에다 켄타로는 작년만큼의 활약을 펼치지 못하면서 시즌 내내 LA 언론의 질타를 받아왔다.

"범가드너라면 이겨줄 거야."

강동원도 주먹을 꼭 움켜쥐고 경기를 지켜봤다. 다행히도 1차전은 전문가들의 예상했던 대로 흘러갔다.

메디슨 범가드너가 경기를 홀로 책임지며 자이언츠의 승리를 이끌었다. 9이닝 3피안타 2사사구 10탈삼진. 32명의 타자 중 단 5명만이 1루를 밟았다.

반면 마에다 켄타로는 1회부터 흔들리더니 4회를 버티지 못하고 강판됐다.

3.2이닝 7피안타 4실점. 자이언츠는 마에다 켄타로에게 빼앗은 점수를 끝까지 지키며 디비전 시리즈 1차전에서 4 대 0, 완승을 거두었다.

1차전에서 기세를 올린 자이언츠는 2차전까지 쓸어 담았다.

올 시즌 평가에서 강동원보다 낮은 성적표를 받은 제니 쿠에토는 자이언츠의 2선발이 자신이라는 걸 증명이라도 하듯 9이닝 6피안타 2사사구 1실점 완투승으로 자이언츠의 디비전 시리즈 두 번째 승리를 이끌었다.

시즌 내내 부진한 모습을 보였던 다저스의 선발 스캇 카미르가 6이닝 5피안타 2실점으로 호투를 펼쳤지만 불펜 투수들이 연이어 무너지면서 9 대 1의 대패를 막지 못했다.

홈에서 2승을 올린 자이언츠는 경기가 끝나기가 무섭게 곧바로 LA행 비행기에 올랐다.

5전 3선승제로 치러지는 디비전 시리즈에서 벌써 2승을 챙겼다. 이제 1승만 올리면 자이언츠가 챔피언 시리즈에 올라가게 되는 상황이었다.

"기분 좋게 시리즈를 스윕하고 챔피언십 시리즈를 준비하도록 하겠습니다."

브루스 보체 감독은 디비전 시리즈를 길게 끌고 갈 생각이 없음을 분명히 밝혔다.

아울러 항간에 떠도는, 강동원을 희생양으로 삼았다는 일부 언론들의 추측은 터무니없는 헛소리에 불과하다고 일축했다.

"나는 강을 믿습니다. 두고 보세요. 내일 강이 클레이튼 커쇼우를 꺾는 기적을 보여줄 겁니다!"

브루스 보체 감독은 3차전에서 강동원이 맹활약해 줄 것이라고 단언하기도 했다. 하지만 전문가들은 브루스 보체 감독의 승부수는 따로 있다고 예상했다.

"1차전과 2차전에서 자이언츠는 단 한 명의 불펜 투수도 소비하지 않았습니다."

"너무 오래 쉬었다는 걱정이 들기도 하지만 1차전과 2차전에서 혹사를 당한 다저스 불펜에 비하면 자이언츠 불펜이 확실히 우위에 있어 보입니다."

"브루스 보체 감독도 강동원에게 완투를 기대하진 않을 겁니다. 6이닝 2실점 정도로만 막아준다면 남은 이닝은 불펜에게 맡기겠다는 생각을 하겠죠."

"관건은 타자들이 얼마나 클레이튼 커쇼우를 공략해 내느냐가 될 것 같습니다."

전문가들은 브루스 보체 감독의 노림수를 떠나 선발 투수 맞대결에서는 다저스의 압승이 될 수밖에 없다고 강조했다.

올 시즌 클레이튼 커쇼우는 19승 5패, 평균 자책점 2.03으로 생에 네 번째 내셔널리그 사이영상에 도전하고 있었다.

메디슨 범가드너라는 강력한 라이벌 때문에 결과는 조금 더 지켜봐야겠지만 올 시즌 활약상만큼은 메디슨 범가드너와 비교해도 전혀 뒤처지지 않았다.

이에 맞서는 메디슨 범가드너는 올 시즌 23승 5패, 평균 자책점 2.25를 기록했다.

다승과 평균 자책점, 이닝, 탈삼진에 이르기까지 모든 기록에서 커리어하이를 기록했지만 클레이튼 커쇼우가 평균 자책점 1위를 차지하면서 사이영상 경쟁이 혼전으로 빠져든 상태였다.

물론 적지 않은 전문가가 클레이튼 커쇼우보다 메디슨 범가드너가 수상할 가능성이 높다고 점쳤다.

자이언츠의 지구 우승 프리미엄과 내셔널리그 최다 이닝을 소화해 냈다는 점이 최대 강점으로 부각됐다.

하지만 일각에서는 클레이튼 커쇼우를 메이저리그의 레전드로 만들기 위해 기자들이 몰표를 행사했다는 말들이 나돌고 있었다.

강동원도 클레이튼 커쇼우가 사이영상을 차지할지 모른다는 소문을 들어 알고 있었다.

그래서 오늘 경기에서 메디슨 범가드너를 대신해 꼭 클레이튿 커쇼우를 꺾고 싶었다.

하지만 그 책임감과 부담감이 과해서인지 강동원은 경기 초반부터 흔들렸다. 안타와 사사구를 연달아 내주며 곧바로 실점 위기에 몰린 것이다.

"타임!"

브루스 보체 감독은 지체하지 않고 마운드에 올랐다. 그리고 강동원의 어깨를 감싸며 말했다.

"무사 주자 1, 2루야. 기분이 어때?"

"죽겠습니다."

"그럼 바꿔줄까?"

"정말요?"

"후후, 뭐 바꿔줄 수야 있지. 하지만 그렇게 되면 챔피언십 시리즈 때는 빠져야 할지도 몰라. 그래도 바꿀래?"

"그건 싫어요."

"그럼 버텨야지."

"그래야죠."

"그럼 마음 편히 먹어. 이미 대기록은 물 건너갔어. 퍼펙트도 노히트도 깨졌으니까."

"네."

"한두 점은 내줘도 괜찮아. 자이언츠 타자들은 클레이튼 커쇼우에게 강한 편이니까."

브루스 보체 감독이 강동원의 어깨를 두드리고는 마운드를 내려갔다. 뒤이어 비스트 포지가 강동원을 다독였다.

"강, 앞서 맞은 건 잊어버려."

"이미 잊어버렸어."

"그래, 잘했어. 그리고 한 점 준다는 마음으로 편히 가자. 그 한 점은 내가 다음 타석 때 홈런 쳐서 만회해 줄 테니까."

"정말이죠?"

"그럼. 나 클레이튼 커쇼우의 커브도 홈런을 때려본 남자라고."

"하하. 알겠어요. 포지만 믿을게요."

비스트 포지도 강동원의 가슴을 툭 때리고는 마운드를 내려갔다. 그리고 자신의 자리로 돌아온 강동원을 향해 미트를 팡팡 두드렸다.

"좋아, 던져!"

브루스 보체 감독과 비스트 포지의 독려 속에 강동원은 애써 마음을 다잡았다. 그리고 다시 공격적인 피칭을 이어 나갔다.

다저스의 중심 타선을 전부 삼진으로 돌려세우며 실점 위기를 넘겨 버린 것이다.

그렇게 첫 단추를 잘 꿰자 경기가 술술 풀렸다.

강동원은 7회까지 고작 3안타만 내준 채 무실점으로 다저스 타선을 꽁꽁 틀어막았다.

그러는 동안 자이언츠가 먼저 선취점을 뽑아냈다.

첫 타석에서 클레이튼 커쇼우에게 삼진을 당했던 비스트 포지가 두 번째 타석 때 2사 주자 1루 상황에서 펜스를 직격하는 2루타를 때려낸 것이다.

비스트 포지에게 일격을 허용하긴 했지만 클레이튼 커쇼우는 9이닝을 홀로 버티며 에이스로서의 존재감을 드러냈다.

9이닝 5피안타 11탈삼진 1실점.

하지만 스코어는 달라지지 않았다. 자이언츠가 8회 알버크 수아레스와 9회 산티아 카시아를 내세워 다저스 타선을 잠재워 버렸기 때문이다.

결국 최종 스코어 1 대 0으로 자이언츠가 디비전 시리즈 3차전마저 쓸어 담았다. 그리고 디비전 시리즈를 스윕하며 챔피언십 시리즈에 올라갔다.

자이언츠! 다저스 격파! 챔피언십 시리즈 진출!

닥터 강! 클레이튼 커쇼우와의 맞대결에서 판정 승!

슈퍼 루키 vs 클레이튼 커쇼우 맞대결 무승부. 경기는 자이언츠 승리!

강! 자이언츠를 챔피언십 시리즈에 올려놓다!

경기가 끝난 후 챔피언십 시리즈에 대한 기사들이 쏟아졌다.

대부분의 기사가 강동원과 클레이튼 커쇼우의 맞대결에 포커스를 맞췄다.

클레이튼 커쇼우가 1실점 완투를 하고도 패전을 피할 수 없었던 건 다름 아닌 강동원의 7이닝 무실점 호투가 있었기 때문이라고 분석했다.

팬들도 앞다투어 강동원의 호투를 칭찬했다.

ㄴ야, 봤냐? 봤어?

ㄴ와, 진짜 강! 정말 사랑한다!

ㄴ내가 뭐랬어? 강동원이 해낼 거라고 했지?

ㄴ와, 진짜 소름 돋았어. 강동원이 이렇게 잘 던질 줄 몰랐다고!

ㄴ솔직히 강동원이 클레이튼 커쇼우를 이겼다고 생각하진 않아. 클레이튼 커쇼우는 완투를 했지만 강동원은 7이닝밖에 던지지 않았으니까.

ㄴ이닝이 무슨 상관이야? 강동원이 이긴 거라고. 강동원은 단 한 점도 내주지 않았잖아.

자이언츠 팬들이 강동원을 칭찬하는 게시판들마다 다저스

팬들이 난입해 강동원을 깎아내렸다.

메이저리그가 인정하는 위대한 에이스가 신인인 강동원에게 패배했다는 사실을 받아들이지 못한 것이다.

그건 국내 네티즌들도 마찬가지였다.

└솔까말 강동원이 이긴 건 아니지. 비긴 걸로 쳐 줘도 클레이튼 커쇼우가 서운할걸?

└강동원은 불펜빨. 클레이튼 커쇼우는 실력.

└헛소리 작작해라. 이긴 건 자이언츠고, 승리 투수는 강동원이다.

└어차피 류뚱은 포스트시즌 엔트리에 포함되지도 않았는데 뭘. 그냥 강동원으로 통일하자!

"역시 인기는 다저스를 따라갈 수가 없네."

기사에 달린 댓글들을 읽으며 강동원이 쓴웃음을 지었다.

국내 팬들도 이번만큼은 잘했다고 박수를 쳐 줄 줄 알았는데 상대가 다저스였다는 사실에 오히려 안티 팬이 늘어난 기분이었다.

하지만 강동원은 크게 신경 쓰지 않았다. 아니, 그런 것에 신경을 쓸 여력이 없었다.

디비전 시리즈 3차전에서 호투를 펼치면서 챔피언십 시리즈에서도 3선발로 낙점을 받았기 때문이다.

"그건 그렇고 다음 상대는 누구일까?"

강동원이 내셔널스와 컵스가 맞붙는 디비전 시리즈 쪽으로 눈을 돌렸다.

당초 전문가들의 예상은 컵스의 압승이었다. 객관적인 전력만 놓고 봤을 때 컵스는 투타 밸런스가 가장 안정되어 있었다.

내셔널리그 전체 승률 1위인 자이언츠라 하더라도 컵스를 상대로 승리를 확신하기 어려울 정도였다.

실제 컵스는 홈에서 열린 1, 2차전에서 승리하면서 자이언츠처럼 시리즈 스윕을 노렸다.

그런데 워싱턴 원정에서 내셔널스가 대반격을 거두며 시리즈 분위기가 달라졌다.

내셔널스가 홈에서 펼쳐진 3, 4차전을 모두 역전시키며 컵스의 상승세를 꺾어버린 것이다.

시리즈 스코어 2승 2패.

챔피언십 시리즈까지 단 1승이 남은 가운데 컵스와 내셔널스는 다시 시카고로 자리를 옮겼다.

"그래, 피 터지게 싸워라."

"자기들끼리 힘쓰면 우리야 좋지 뭐."

"그래도 컵스보다는 내셔널스가 올라오는 게 낫지 않겠어?"

"뭐 이대로 간다면 컵스가 올라와도 나쁘지 않을 것 같은데?"

챔피언십 시리즈 파트너를 기다리는 자이언츠 선수들은 웃음을 감추지 못했다. 디비전 시리즈가 끝나고 하루의 휴식이 주어진다고 하지만 그 정도로는 체력이 온전히 회복될 리 없었다.

"기왕 이렇게 된 거 5차전에서 연장전이 펼쳐졌으면 좋겠다."

"그거 좋은 생각인데?"

"좋아. 좋아. 밤새 경기를 하는 거야. 그리고 서스펜디드 게임이 선언되어서 이동일에도 야구를 하는 거지."

"서스펜디드 게임이 되려면 몇 회까지 해야 하는 거야?"

"한 20회까지 하면 되지 않을까?"

"이런 미친! 그럼 선발 투수만 3명은 나와야 한다고."

"그럼 좋잖아? 우린 지친 컵스의 선발 투수들을 상대하면 될 테니까."

"크흐흐. 좀 치사하긴 하지만 나쁘지 않은 아이디어야."

포스트시즌에서 가장 중요한 건 마운드 운용이었다. 지치는 건 타자들도 마찬가지지만 투수들은 아무래도 등판 주기에 민감할 수밖에 없었다.

그런 점에서 단판제가 되어버린 마지막 5차전 승부는 컵스나 내셔널스 모두에게 중요한 경기였다. 이날 경기에서 모든 걸 쏟아붓고 승리하지 못하는 한 챔피언십 시리즈에 올라가는 건 불가능한 일이었다.

자이언츠의 바람대로 컵스와 내셔널스는 5차전에서 치열하게 부딪쳤다. 9회까지 무승부인 상황에서 연장전까지 가게 된 것이다.

결국 13회 말 끝내기 안타를 터뜨린 컵스가 경기를 뒤집으며 4 대 3, 한 점 차 역전승을 거두었다. 그리고 챔피언십 시리즈는 자이언츠 대 컵스의 맞대결로 확정이 됐다.

충분한 휴식을 취하며 파트너가 결정되길 기다리던 자이언츠 선수들은 대부분 고개를 주억거렸다.

내셔널스가 만만하긴 했지만 객관적인 전력으로 봤을 때 컵스가 올라오는 게 당연한 상황이었다.

"그런데 제이스 아리에타는 1차전에 나올 수 있는 거야?"

"4차전에 나왔잖아. 그럼 하루 쉬고 5차전에 다시 하루 쉬고 1차전이니까 못 나올 건 없을 거 같은데?"

"힘들지 않을까? 두 경기 연속 사흘 휴식 후 등판이잖아."

"그래도 우승하고 싶으면 할걸?"

"역시. 이래서 시리즈는 빨리 끝내고 봐야 한다니까?"

챔피언십 시리즈는 7전 4선승제로 진행된다.

1, 2차전은 자이언츠 파크에서 치러지고 하루 이동일을

가진 뒤 다시 3, 4, 5차전은 시카고로 자리를 옮겨 펼쳐지게 된다.

만약 여기서 경기가 끝나지 않으면 다시 하루의 이동일을 통해 샌프란시스코로 자리를 옮긴다. 그리고 자이언츠 파크에서 6, 7차전을 갖게 된다.

챔피언십 시리즈를 앞둔 휴식일에 주요 언론사들은 브루스 보체 감독과 조 메이든 감독의 인터뷰를 진행했다.

"내셔널리그 챔피언십 시리즈는 내셔널리그 최고의 팀을 가리는 시리즈입니다. 가급적이면 홈 팬들 앞에서 우승을 하고 싶어요. 하지만 7차전까지 갈 생각은 없습니다. 6차전, 6차전이 좋겠네요."

브루스 보체 감독은 6차전이면 시리즈의 승패가 결정될 것이라고 내다봤다. 반면 컵스의 조 메이든 감독은 5차전 안에서 끝내겠다고 선언을 하였다.

6차전부터 원정인 만큼 가급적이면 홈 3연전에서 시리즈를 끝내겠다는 계산이었다.

그리고 다음 날. 자이언츠 대 컵스의 챔피언십 시리즈 1차전이 시작됐다.

1차전은 에이스 간 맞대결이었다.

자이언츠의 선발은 내셔널리그 사이영상 유력 후보인 메디슨 범가드너.

이에 맞서 컵스도 사이영상 투수인 에이스 제이스 아리에 타를 내세웠다.

전문가들의 예상은 팽팽한 투수전이었다. 경기 초반에 변수가 발생하지 않는다면 6회까지 한 치 앞을 내다볼 수 없는 승부가 펼쳐질 것이라고 전망했다.

하지만 경기 후반에 접어들수록 자이언츠가 유리할 거라는 의견들이 많았다.

메디슨 범가드너가 충분한 휴식을 취하고 나온 반면 제이스 아리에타는 두 경기 연속 사흘 휴식 후 등판을 강행하고 있기 때문이다.

"컵스 입장에서는 1차전 승부가 중요합니다. 에이스인 제이스 아리에타를 최대한 활용하기 위해서 1차전에 투입한 거니까요."

"제이스 아리에타가 1차전과 4차전, 7차전에 선발 등판을 하게 된다면 설사 컵스가 자이언츠를 따돌린다 하더라도 월드 시리즈에서 제이스 아리에타를 제대로 써먹지 못하게 될 겁니다. 체력적으로 분명 문제가 올 테니까요."

"그럼에도 조 메이든 감독이 승부수를 꺼내든 건 그만큼 자이언츠가 부담스럽다는 의미겠죠."

"자이언츠는 지역 라이벌이자 또 다른 우승 후보였던 다저스를 3 대 0으로 완파했습니다. 만약 다저스가 자이언츠와 다른 지구에 소속되어 있었다면 컵스를 대신해 챔피언십 시리즈에 올라왔을지 모릅니다."

"저는 그 의견에 반대합니다. 다저스가 좋은 팀이긴 하지만 컵스보다 나은 팀은 아니니까요. 하지만 내셔널스보다 컵스를 더 힘들게 했을 거라는 점은 동의합니다."

"하하, 그렇게 따지면 내셔널스도 충분히 컵스를 괴롭혔죠. 5차전까지 끌고 갔으니까요."

"어쨌든 조 메이든 감독은 승부수를 걸었습니다. 만약 제이스 아리에타를 내세운 1차전에서 의미 있는 무언가를 남기지 못한다면 이번 시리즈는 또다시 자이언츠가 주도권을 쥘 가능성이 높습니다."

"하지만 충분한 휴식이 때로는 독으로 작용할 수도 있는 법이니까요. 자이언츠 입장에서도 1차전의 승리가 어느 때보다 중요할 것 같습니다."

전문가들의 우세한 판정을 전해 들은 메디슨 범가드너는 당연한 결론이라며 고개를 주억거렸다.

반면 제이스 아리에타는 전문가들의 판단이 틀렸다는 걸 보여주겠다며 빠득 이를 갈았다.

제이스 아리에타는 처음부터 주목을 받았던 투수가 아니었다.

두 차례 입단 거부 끝에 오리올스와 계약을 맺고 메이저리그에 올라왔지만 이러다 할 성적을 내지 못하고 컵스로 트레이드가 되었다.

오리올스에서 뛴 3년간 성적은 고작 19승 23패. 평균 자책점은 5.33에 달했다.

그러다 2013년 컵스로 넘어와 커터와 고속슬라이더를 장착한 후 제이스 아리에타의 인생은 확 바뀌었다.

단 한 번도 4점대 이하로 떨어뜨리지 못했던 평균 자책점이 2점대로 낮아지면서 특급 투수 반열에 들어선 것이다.

그 결과 제이스 아리에타는 2015년 내셔널리그 사이영상을 수상했고, 두 차례 노히트노런 경기를 달성했다.

올 시즌 성적도 19승 8패, 평균 자책점 2.78을 기록한 명실상부 최고의 투수임이 입증하고 있었다.

"다들 사이영상을 이야기할 때 나를 쏙 빼놓던데 그게 잘못됐다는 걸 제대로 보여주지."

제이스 아리에타는 이를 악물고 마운드에 올랐다.

사흘 휴식 후 등판이라 체력적인 부담이 컸지만 7이닝 3실점으로 호투하며 컵스가 이길 수 있는 발판을 마련했다.

하지만 애석하게도 포스트시즌의 사나이 메디슨 범가드너의 벽은 넘지 못했다.

메디슨 범가드너는 디비전 시리즈에 이어 챔피언십 시리즈에서도 9이닝 2실점 완투 경기를 선보였다.

6회 투런 홈런을 얻어맞은 이후 계속해서 위기를 맞았지만, 추가 실점하지 않으면서 자이언츠의 승리를 지켜냈다.

최종 스코어 4 대 2.

챔피언십 시리즈의 향방이 달려 있다는 1차전은 그렇게 자이언츠가 가져갔다.

그리고 다음 날 곧바로 2차전이 벌어졌다.

자이언츠의 선발 투수는 2선발 제니 쿠에토였다. 이에 맞서 컵스는 존 레스트를 내보냈다.

존 레스트는 제이스 아리에타가 부진했을 때 에이스 역할을 맡을 만큼 빼어난 투수였다.

올 시즌에도 17승을 거두며 제이스 아리에타의 뒤를 든든히 받쳐 주었다.

전문가들은 시즌 성적상 존 레스트가 조금 더 우세한 경기를 펼칠 것이라고 내다봤다. 그 예상대로 2차전은 컵스가 가져갔다.

제니 쿠에토도 잘 던졌지만 존 레스트가 눈부신 호투를 펼친 것이다.

7이닝 5피안타 1사사구 2실점.

앞서 등판한 제이스 아리에타와 비슷한 결과였지만 제니

쿠에토가 6이닝 3실점을 하면서 컵스가 4 대 3, 한 점 차로 경기를 가져갔다.

그렇게 시리즈 스코어가 1승 1패로 동률을 이루었다. 그리고 자이언츠와 컵스는 3차전이 열리는 시카고로 자리를 옮겼다.

3차전 선발은 강동원 대 존 럭키의 대결이었다.

78년생으로 현역 최다 포스트시즌 선발 등판 기록을 보유하고 있는 존 럭키는 조 메이든 감독의 히든카드였다.

제이스 아리에타나 존 레스트만큼 좋은 구위를 뽐내진 못했지만 노련함으로 타자들을 상대할 줄 아는 타자였다.

이에 맞서는 강동원은 2년 차 루키. 그래서 언론에서는 루키 대 베테랑의 싸움이라며 3차전에 상당한 관심을 보였다.

"강동원은 확실히 좋은 투수입니다. 하지만 포스트시즌 경험이 많지 않죠."

"지난 다저스전에서 클레이튼 커쇼우를 상대로 호투를 펼친 건 인정해 줄 만합니다. 하지만 디비전 시리즈와 챔피언십 시리즈는 다르죠. 그리고 시리즈 스코어도 다릅니다. 그때는 2승을 거두었기 때문에 1패에 대한 부담이 적지만 이번에는 다릅니다. 컵스 원정의 첫 경기에서 1패를 하게 될 경우 자칫 잘못하면 조 메이든 감독의 바람대로 시리즈가 흘러가게 될지도 모릅니다."

전문가들은 강동원에게 만만찮은 경기가 될 것이라고 내다봤다.

시카고 언론은 한술 더 떠 베테랑인 존 럭키가 루키인 강동원의 상승세를 잠재울 것이라고 보도하기도 했다.

그러나 막상 뚜껑을 열자 상황은 달랐다. 강동원이 6이닝 3실점으로 호투한 반면 존 럭키는 5이닝 동안 4실점을 하며 흔들린 것이다.

큰 차이는 아니었지만 베테랑과 루키의 맞대결은 강동원의 판정승으로 끝이 났다.

경기 역시 6 대 5로 자이언츠의 승리로 끝났다. 그리고 시리즈 스코어 역시 2승 1패로 자이언츠가 앞서 나가게 되었다.

6이닝을 잘 던지고 내려왔지만 강동원은 승패를 기록하지 못했다.

4 대 3, 한 점 차 리드에서 뒤이어 마운드에 올라온 불펜 투수가 동점을 허용해 버린 것이다.

챔피언십 시리즈 첫 승이 날아갔지만 강동원은 애써 담담했다.

"개인적으로 팀이 이겨서 기쁩니다. 앞으로도 팀의 승리에 도움이 되도록 노력하겠습니다."

언론과의 인터뷰에서도 강동원은 팀이 이긴 것에 의미를 두었다. 자이언츠가 원정 3연전 중 한 경기를 잡아내면서 최악의 경우 남은 두 경기를 모두 내주더라도 시리즈를 샌프란시스코로 끌고 갈 수 있었기 때문이다.

컵스의 상승세가 살짝 꺾인 가운데 다음 날 같은 장소에서 챔피언십 시리즈 4차전이 펼쳐졌다.

자이언츠의 선발 투수는 메디슨 범가드너. 이에 맞서 컵스는 또다시 제이스 아리에타를 내세웠다.

양 팀 에이스 간의 리턴 매치였지만 전문가들은 의외로 타격전이 펼쳐질 수 있다고 내다봤다.

제이스 아리에타는 물론이고 메디슨 범가드너 역시 고작 사흘을 쉬고 등판했기 때문이다.

단기전이라는 부담감과 3일 휴식이라는 악재가 겹쳤지만 메디슨 범가드너와 제이스 아리에타는 이렇다 할 표정 변화가 없었다.

언론과의 인터뷰에서도 그저 팀의 승리를 위해서 최선을 다해 공을 던지겠다는 말로 의지를 대신했다.

4차전이 벌어지는 컵스의 홈구장은 일찌감치 전 좌석이 매진되어 있었다.

챔피언십 시리즈의 운명이 걸린 에이스 맞대결을 놓칠 수 없다는 컵스 팬들이 야구장으로 밀고 들어온 것이다.

그라운드에 나와 몸을 푸는 컵스 선수들의 표정 역시 비장하기만 했다.

만약 오늘 경기마저 내주면 시리즈 스코어는 1승 3패로 몰리게 된다.

5차전은 물론이고 원정 경기로 치러지는 6차전과 7차전을 전부 잡아내지 못하는 한 월드시리즈 2연패는 물 건너가고 마는 것이다.

자이언츠와 컵스에게 있어서 승부처가 될 4차전 경기인 만큼 그 긴장감 또한 높았다.

하지만 다른 한편으로는 1차전 승리자인 메디슨 범가드너가 또 한 번 승리를 할 것인지 아니면 제이스 아리에타의 설욕전인지 세간의 관심이 집중되고 있었다.

강동원은 몸을 풀고 있는 메디슨 범가드너를 지켜보았다.

차분하게 스트레칭을 하며 마인드 컨트롤을 하는 그의 모습을 보며 배울 점이 많다고 생각했다.

하지만 확실히 불펜 피칭하는 모습은 몸이 무거워 보였다. 메디슨 범가드너의 표정 또한 좋지 않았다.

"어디 안 좋나?"

강동원이 혼잣말을 중얼거렸다.

"응, 좋지 않아."

비스트 포지가 곧바로 다가와 말했다.

"왜요?"

"어제 음식을 잘못 먹었는지 고열에 시달렸다고 하더군."

"헉! 진짜요?"

"그래! 내색은 하지 않지만 지금 엄청 힘들 거야."

비스트 포지도 걱정스러운 얼굴로 말했다.

"그럼 어떻게 해요? 오늘 던지게 하면 안 되잖아요."

강동원이 자신도 모르게 언성을 높였다. 그러자 비스트 포지가 고개를 가로저었다.

"만약 정규 시즌이었다면 당연히 그랬겠지. 하지만 지금 우린 챔피언십 시리즈를 치르고 있어. 챔피언십 시리즈가 끝나면 월드시리즈라고."

"하지만······."

"메디슨 범가드너는 에이스야. 에이스는 원래 어깨가 무거운 법이라고."

"그래도 몸이 좋지 않으면 좋은 공을 던지기 어렵잖아요."

"그래, 맞아. 하지만 메디슨 범가드너는 메디슨 범가드너라고. 나뿐만 아니라 브루스 보체 감독과 코치들도 충분히 고민하고 등판을 승낙한 거야."

강동원은 이해가 가지 않았다. 아무리 에이스라고 하지만 챔피언십 시리즈 7차전도 아닌데 무리해서 공을 던질 필요가 있을지 의문이었다.

그러나 비스트 포지는 그게 당연한 거라고 말했다.

"저것이 바로 에이스의 무게야. 자신이 무너지면 나머지에게도 영향이 미친다는 것을 알거든. 뭐, 어쨌든 무리하지 않게 내가 잘 리드해야겠지."

비스트 포지가 애써 미소를 지으며 자리로 돌아갔다. 강동원은 한참 동안 메디슨 범가드너를 지켜보았다.

"에이스의 무게라……."

강동원이 나직이 중얼거렸다. 메디슨 범가드너를 볼 때마다 느꼈던 그 경이로움이 어쩌면 에이스에 대한 책임감에서 나오는 것인지도 모른다는 생각이 들었다.

그렇게 4차전이 시작됐다.

메디슨 범가드너는 언제 아팠냐는 듯 열정적으로 공을 뿌려댔다.

제이스 아리에타도 마찬가지였다. 두 번 패배하지 않겠다며 이를 악물고 공을 던졌다.

덕분에 경기 초반 분위기는 팽팽하게 흘러갔다. 하지만 5회부터 상황이 달라졌다.

"후우……."

4회 투구를 마치고 온 메디슨 범가드너가 수건으로 땀을 훔쳤다. 말을 하진 않았지만 컨디션이 갑자기 나빠진 것 같았다.

"범가드너."

강동원의 걱정스러운 시선이 메디슨 범가드너에게 향했

다. 가능하다면 메디슨 범가드너를 말리고 싶었다.

그러다가 메디슨 범가드너와 눈이 마주쳤다. 강동원의 표정을 읽은 메디슨 범가드너는 걱정할 거 없다며 애써 미소를 지어 보였다.

그리고 5회 말, 컵스의 공격이 시작되자 주저 없이 마운드에 올라갔다.

4회 때보다 구위가 조금 떨어졌지만 메디슨 범가드너는 스트라이크 존 구석구석을 찌르는 공격적인 피칭을 이어 갔다.

그렇게 2아웃까지 잡는 것까지 좋았다. 그런데 갑자기 투구 밸런스가 무너지면 처음으로 볼넷을 허용했다.

"젠장할."

메디슨 범가드너는 한참 동안 숨을 골랐다. 그리고 다시 경기에 집중하려 했다.

하지만 메디슨 범가드너가 지쳤다는 것을 안 주자가 2루를 파고들면서 다시 흔들렸다. 비스트 포지가 재빨리 포구해 공을 던졌지만 세이프가 되었다.

오늘 경기 처음으로 득점권에 주자가 나가자 컵스 팬들이 열광하기 시작했다. 컵스 타자들도 집중력을 높였다. 그리고 지친 메디슨 범가드너에게 기어코 안타를 뽑아내 선취점을 올렸다.

그러나 컵스의 득점은 거기까지였다. 메디슨 범가드너가 후속 타자를 유격수 땅볼로 처리하며 마지막 아웃 카운트를 잡아낸 것이다.

벤치로 돌아온 메디슨 범가드너는 연신 땀을 닦았다. 그리고 브루스 보체 감독과 코치들과 얘기를 나누었다.

강동원은 메디슨 범가드너의 피칭이 여기까지일 거라고 생각했다.

하지만 메디슨 범가드너는 6회에도 마운드에 올랐다. 브루스 보체 감독이 에이스에 대한 예우 차원에서 한 이닝을 더 맡긴 것이다. 그리고.

–아, 큽니다!
–넘어갔습니다. 홈런입니다!

메디슨 범가드너는 투런 홈런을 얻어맞고 기어코 무너지고 말았다.

6회를 간신히 마친 메디슨 범가드너는 자신의 타석 때 곧바로 대타로 교체되었다.

메디슨 범가드너는 자신을 질책하며 더그아웃 뒤쪽으로 사라졌다.

이때까지만 해도 에이스 리턴 매치는 제이스 아리에타의

승리로 끝날 것 같았다. 하지만 메디슨 범가드너가 무너지고 난 후 제이스 아리에타도 위기가 찾아오면서 분위기가 달라졌다.

메디슨 범가드너의 복수를 하자며 의지를 다진 자이언츠 타자들은 제이스 아리에타를 끈질기게 물고 늘어졌다.

제이스 아리에타는 슬라이더의 비율을 높이며 저항했지만 비스트 포지에게 좌전 안타를 맞고, 곧바로 헌터 페이스에게 투런 홈런을 얻어맞으며 2실점하고 말았다.

"아무래도 안 되겠어."

경기가 뒤집힐 걸 걱정한 컵스의 조 메이든 감독은 지체 없이 투수 교체를 지시했다.

그렇게 제이스 아리에타는 아웃 카운트 하나도 잡지 못하고 7회 초 곧바로 교체되고 말았다.

스코어 3 대 2. 컵스가 한 점 차 앞선 가운데 불펜 싸움이 시작됐다.

중계진은 선발 투수 간의 맞대결에 있어서 컵스가 이겼다고 평가했다.

메디슨 범가드너가 6이닝 3실점 한 반면 제이스 아리에타는 6이닝 동안 2점만 내줬기 때문이다.

경기 후반, 한 점 차 리드는 상당히 크게 느껴졌다. 자이언츠 타자들이 매 이닝 주자를 내보냈지만 조 메이든 감독이

고비 때마다 투수를 교체하며 컵스의 불펜이 한 점의 리드를 지키면서 3 대 2로 컵스가 승리를 챙겼다.

이로써 시리즈 전적은 2승 2패로 다시 균형을 맞추게 되었다.

그다음 날 펼쳐진 5차전에서 자이언츠는 2선발 제니 쿠에토를 앞세워 4 대 2로 신승했다.

3일 휴식 후 등판을 한 제니 쿠에토가 7이닝 2실점 호투를 펼친 반면 존 레스트가 컨디션 난조에 빠져 6이닝 4실점을 하면서 2차전과 정반대의 결과가 나온 것이다.

그렇게 원정 3연전에서 2승 1패를 하고 3승 고지를 밟은 자이언츠는 기분 좋게 샌프란시스코로 돌아올 수 있었다.

이제 월드시리즈까지 남은 승리는 단 하나였다. 그 열쇠를 6차전에 등판하는 강동원이 쥐고 있었다.

강동원은 6차전이 벌어지는 아침 일찍 그라운드에 나왔다. 가볍게 러닝을 통해 몸을 푼 후 명상에 들어갔다.

하지만 부담감 때문일까. 강동원은 좀처럼 긴장을 풀지 못했다.

이번 경기에서 이기면 월드시리즈 진출이었다. 그런데 휴식일이 짧아서인지 어깨가 상당히 무거웠다.

무거워진 어깨를 풀기 위해 스트레칭도 하고 마사지도 받았지만 좀처럼 풀리지 않았다.

"할 수 있다. 할 수 있다."

긴장감을 풀기 위해 강동원은 끊임 없이 혼잣말을 했다.

그러다가 힐끔 시계를 보았다. 어느덧 경기 시작 시간이 되었다. 이제 장비를 챙겨 더그아웃으로 나가야 했다.

"이기자."

강동원은 진정되지 않는 가슴을 안고 장비를 챙겨 밖으로 나갔다. 경기장에는 이미 수많은 자이언츠 팬이 자리를 잡고 있었다.

"강이다!"

"강! 가아앙!"

강동원을 발견한 자이언츠 팬들이 한목소리로 환호했다. 자연스럽게 강동원의 입가에도 미소가 번졌다.

아무래도 원정 경기보다는 홈 경기를 치르는 게 마음이 편했다.

그때 긴장하고 있는 강동원에게 비스트 포지가 다가왔다.

"괜찮아?"

"네, 괜찮아요."

"정말 괜찮은 거야?"

"솔직히…… 모르겠어요."

강동원이 애써 미소를 지었다. 그 모습을 본 비스트 포지가 웃음을 보였다.

"당연히 부담스럽겠지. 긴장도 많이 되고, 하지만 저쪽은 더 죽을 맛일걸."

"그럴까요? 그래도 베테랑인데……."

"물론 존 럭키가 베테랑인 건 맞아. 아마 경기 준비도 너보다 훨씬 잘했겠지. 하지만 존 럭키는 78년생이야. 벌써 40대를 바라보고 있어. 3일 휴식 후 등판을 하는데 과연 체력이 언제까지 버텨줄 것이라 생각해?"

비스트 포지의 말대로 강동원은 아직 20대 초반에 체력도 빵빵했다. 반면 존 럭키는 마흔을 바라보고 있었다. 아무리 베테랑이라고 해도 나이는 속이지 못했다.

"생각해 보니 그렇네요. 그럼 체력이 떨어질 중반부터 승부가 갈리겠어요."

"원래라면 그렇겠지. 하지만 이번엔 초반에 승부를 볼 거야."

"초반에요?"

"으응, 그래야 후반이 쉬워질 테니까."

오늘 경기가 6차전이 아니었다면 아마 자이언츠와 컵스 모두 신중하게 경기를 했을 것이다.

하지만 월드 시리즈 향방이 결정되는 6차전에서 뜸을 들이다 승기를 내주면 답이 없었다.

"그렇다면 포지가 한 방 때려주겠네요."

"내가? 좋아, 까짓것 한 방 날려주겠어."

비스트 포지가 주먹을 불끈 쥐며 웃었다. 덕분에 강동원은 한결 마음이 편해졌다.

'고마워요, 포지.'

마음의 부담감을 떨쳐 낸 강동원은 경기 초반부터 펄펄 날아다녔다.

1회 초부터 스트라이크 구석구석을 찌르는 공으로 깔끔하게 삼자범퇴로 처리했다.

부담이 클 거라던 강동원이 흔들리지 않자 그 부담은 고스란히 존 럭키에게 넘어왔다. 그리고 1회 말 자이언츠의 공격이 시작되었다.

따악!

1번 타자 다나드 스팬은 초구를 잡아당겨 안타를 때려 냈다.

뒤이어 타석에 등장한 아르헨 파건은 초구를 지켜본 뒤 2구째 3루 쪽으로 번트를 댔다.

"1루!"

공을 잡은 3루수는 곧바로 2루를 포기하고 1루에 공을 던져 주자만 잡아냈다. 그리고 1사 2루 득점 기회에서 3번 타자 비스트 포지가 등장했다.

"후우……."

비스트 포지는 비장한 얼굴로 타석에 섰다.

초구를 그냥 보낸 뒤 비스트 포지는 바깥쪽으로 꽉 차게 들어오는 포심 패스트볼을 그대로 밀어쳤다.

목표는 좌익수 앞 안타.

하지만 방망이 중심에 걸린 공은 그대로 쭉쭉 뻗어 우측담장을 넘어가 버리고 말았다.

"크아아아!"

타구를 확인한 강동원이 자리에서 벌떡 일어나 악을 내질렀다. 비스트 포지도 화답하듯 강동원을 향해 검지를 들어보였다.

"젠장할."

상대 선발 존 럭키는 1회 초부터 투런 홈런을 얻어맞았다는 사실에 좌절했다. 그 결과 5이닝 6실점으로 크게 부진했다.

반면 경기 초반부터 두 점의 리드를 안은 강동원은 공격적인 투구를 펼쳤다.

7이닝 4피안타 1실점. 탈삼진은 무려 10개.

7 대 1 여섯 점 차 리드 상황에서 당당하게 마운드를 내려왔다.

브루스 보체 감독은 경기를 틀어막기 위해 불펜진을 총동원했다. 고작 6개의 아웃 카운트를 잡으려고 4명의 불펜

투수를 동원했다. 덕분에 경기는 자이언츠의 승리로 끝이
났다.

시리즈 스코어 4 대 2.
자이언츠가 월드시리즈에 진출했다.

to be continued

백수귀족 판타지 장편소설

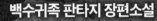

바바리안
퀘스트

하늘산맥은 영혼들의 쉼터였고,
산 자는 하늘산맥을 올라선 안 된다.
모두가 그리 믿고 있었다.

"너는 위대한 전사가 될 거다, 유릭."

촉망받는 부족전사 유릭은 하늘산맥을 넘었고,
그곳에서 스스로를 문명인이라 칭하는 사람들과 마주한다.

『바바리안 퀘스트』

야만인 유릭이 문명세계로 간다.

Wish Books

채널 마스터

CHANNEL MASTER

할아버지 집 창고 정리 중 찾아낸 텔레비전.
그런데 이놈 보통 텔레비전이 아니다.

[채널 마스터 시스템에 접속하였습니다.]
[사용자의 정보를 분석합니다.]
[필요로 하는 채널을 업데이트합니다.]

경험을 쌓아서 채널을 더 확보해라!
그 채널이 고스란히 네 능력이 되어줄 테니.

귀신 사냥꾼

온후 퓨전 판타지 장편소설

최후의 영웅.
500명의 영웅 중 살아남은 건 오한성뿐이었다.

그리고 그마저 모든 것을 놓은 순간.

과거로 돌아왔다.

목숨을 걸어야 한다면 걸겠다.
그것이 이 모든 좌절과 절망을 지워 버리는 길이라면,
더 이상 영웅이 아닌, 승리를 위한 악당이 되겠다!

"준비는 끝났다."

영웅과 악당, 신과 악마, 모든 변화의 중심.
그의 일대기에 주목하라.